KB109765

나의 사랑은 오늘 밤 소녀 같다

나의 사랑은 오늘 밤 소녀 같다

D. H. 로렌스

정종화 옮김

MY LOVE LOOKS LIKE A GIRL
TONIGHT

D. H. Lawrence

차례

지금은 가을, 과일이 떨어진다.

망각을 향해 먼 여행을 떠날 때.

커다란 이슬방울처럼 사과가 떨어진다.

스스로를 깨는 것은 스스로를 떠나는 것.

지금은 떠나야 할 시간. 자신에게

작별을 고하고, 떨어진 자신으로부터

출구를 찾을 시간.

—「죽음의 배」에서

PIANO

Softly, in the dusk, a woman is singing to me;
Taking me back down the vista of years, till I see
A child sitting under the piano, in the boom of the tingling
    strings
And pressing the small, poised feet of a mother who smiles as
    she sings.

In spite of myself, the insidious mastery of song
Betrays me back, till the heart of me weeps to belong
To the old Sunday evenings at home, with winter outside
And hymns in the cosy parlour, the tinkling piano our guide.

So now it is vain for the singer to burst into clamour
With the great black piano appassionato. The glamour
Of childish days is upon me, my manhood is cast
Down in the flood of remembrance, I weep like a child for the
    past.

피아노

부드럽게 한 여인이 내게 노래 부른다 황혼의 시간에.
노래는 세월의 먼 추억 길로 나를 데려가, 나는
한 아이가 피아노에 앉아 있고
울려 퍼지는 피아노 소리와
그리고 노래하며 미소 짓는 어머니의 균형 잡힌 작은 발을
　　본다.

나도 모르게 훌륭한 노래 솜씨는 나를
옛날로 데려가 내 가슴을 울린다.
일요일 밤. 밖은 겨울.
아늑한 방에는 찬송가 소리. 고음의 피아노가 선창을 하고.

이젠 검은 피아노의 아파시오나토*에 맞춰
가수가 소프라노 음을 최대한 끌어내도 감동이 없다.
내 어린 날의 아름다움이 되살아나
추억의 홍수에 내 어른은 떠내려가고,
나는 아이처럼 옛 생각에 목 놓아 운다.

---

* appassionato, 악보에서 정열적으로 연주하라는 말.

CHERRY ROBBERS

Under the long dark boughs, like jewels red
    In the hair of an Eastern girl
Hang strings of crimson cherries, as if had bled
    Blood-drops beneath each curl.

Under the glistening cherries, with folded wings
    Three dead birds lie:
Pale-breasted throstles and a blackbird, robberlings
    Stained with red dye.

Against the haystack a girl stands laughing at me,
    Cherries hung round her ears.
Offers me her scarlet fruit: I will see
    If she has any tears.

버찌 도둑

길고 까만 가지 아래
  동양 처녀 머리에 단 빨간 보석마냥
선홍색 버찌 송이 달려 있다.
  틀어 올린 머리 아래로 핏방울이 흐르듯.

반짝이는 버찌 아래 날개 접은
  죽은 새 세 마리.
가슴이 푸르스름한 개똥지빠귀와 찌르레기
  빨갛게 물든 도둑 새들.

건초에 기대어 나를 보며, 처녀가 웃고 있다.
  버찌 귀고리를 달고
주홍빛 열매를 내민다. 나는 보리라
  그녀의 눈에 눈물이 고였는지.

GIPSY

I, the man with the red scarf,
    Will give thee what I have, this last week's earnings.
Take them and buy thee a silver ring
    And wed me, to ease my yearnings.

For the rest, when thou art wedded
    I'll wet my brow for thee
With sweat, I'll enter a house for thy sake,
    Thou shalt shut doors on me.

집시

붉은 스카프를 맨 사나이, 나는
　가진 것 모두 그대에게 주노니, 지난주의 주급 모두를.
이 모두를 받고 은반지 하나 사서
　결혼해 주오. 내 불타는 마음을 편안케 해 주오.

남은 여생 동안 시집 오면
　그대 위해 땀 흘리며 눈썹을
적시리니, 나 그대 위해 집으로 들어가니
　그대 내 뒤에서 문 닫아 주오.

THE BRIDE

My love looks like a girl to-night,
    But she is old.
The plaits that lie along her pillow
    Are not gold,
But threaded with filigree silver,
    And uncanny cold.

She looks like a young maiden, since her brow
    Is smooth and fair;
Her cheeks are very smooth, her eyes are closed.
    She sleeps a rare,
Still, winsome sleep, so still, and so composed.

Nay, but she sleeps like a bride, and dreams her dreams
    Of perfect things.
She lies at last, the darling, in the shape of her dream;
    And her dead mouth sings
By its shape, like the thrushes in clear evenings.

신부

나의 사랑은 오늘 밤 소녀 같다.
  그러나 그녀는 늙었다.
베개에 놓인 머리카락은
  금빛이 아니고,
섬세한 은빛과 섬뜩한 냉기로
  꼬여 있다.

그녀는 젊은 처녀 같다. 눈썹은
  부드럽고 아름답다.
뺨이 아주 부드러운데 두 눈을 감아
  귀하고 귀여운
잠을 잔다. 조용하고 편안하게.

아니 신부처럼 잠을 잔다.
  완전한 것을 꿈꾸며.
내 사랑은 꿈의 형태로, 마침내 누워
  그리고 죽은 입이 노래한다.
맑은 저녁의 지빠귀 새 같은 입 모양을 하고.

BEI HENNEF

The little river twittering in the twilight,
The wan, wandering look of the pale sky,
    This is almost bliss.

And everything shut up and gone to sleep,
All the troubles and anxieties and pain
    Gone under the twilight.

Only the twilight now, and the soft "Sh!" of the river
    That will last for ever.

And at last I know my love for you is here;
I can see it all, it is whole like the twilight,
It is large, so large, I could not see it before,
Because of the little lights and flickers and interruptions,
    Troubles, anxieties and pains.

You are the call and I am the answer,
You are the wish, and I the fulfilment,
You are the night, and I the day.
    What else? it is perfect enough.
    It is perfectly complete,

헤네프 강가에서

작은 시내 황혼에 졸졸 흐르고,
푸르께한 하늘 어둑어둑 물러가는 모습,
 이것은 거의 황홀.

모두가 닫고 잠자리에 들었네.
온갖 말썽과 근심과 고통이
 황혼 아래 사라졌네.

이제 황혼과 냇물의 부드러운 흐름뿐.
 시내는 영원히 흘러가리.

그대 위한 사랑이 여기 있음을 마침내 나 깨닫노라.
내 사랑 모두 보느니, 황혼과 같은 전체를 보느니.
내 사랑, 큰 사랑, 아주 큰 사랑, 전에 보지 못한 사랑,
작은 불빛과 불똥과 방해물과
 말썽과 근심과 고통으로 보지 못한 사랑.

그대 부르고 나 대답하고
그대 원하고 나 이행하고
그대는 밤 나는 낮,
 무엇이 또 있으랴? 이것으로 완전하고 충분한 것.
 완전히 충일한 것.

You and I,

What more — ?

Strange, how we suffer in spite of this!

그대와 나
무엇이 더 있으랴?
이상도 해라, 왜 우리는 그래도 고통스러운가!

FIRST MORNING

The night was a failure
    but why not — ?

In the darkness
    with the pale dawn seething at the window
    through the black frame
    I could not be free,
    not free myself from the past, those others —
    and our love was a confusion,
    there was a horror,
    you recoiled away from me.

 Now, in the morning
As we sit in the sunshine on the seat by the little shrine,
And look at the mountain-walls,
Walls of blue shadow,
And see so near at our feet in the meadow
Myriads of dandelion pappus
Bubbles ravelled in the dark green grass
Held still beneath the sunshine —

It is enough, you are near —

첫 아침

지난밤은 실패,
 그러나 아닐 까닭도 없다.

어둠 속에서
 희미한 새벽이 창에서 솟아오르고
 까만 창틀 사이로
 나는 자유로울 수가 없다.
 과거로부터, 그들로부터.
 우리의 사랑은 혼란.
 공포가 서려
 그대 내게서 멀어져 갔다.

이제 아침
작은 성당 옆 의자에 햇볕을 받고 앉아
둘러선 산을 본다.
둘러선 산의 푸른 그림자를 본다.
가까이 발 아래 목장에는
수없는 민들레 관모
짙게 푸른 풀에는 이슬이
햇볕 아래 조용히 엉켜 있다.

이것으로 충분하다. 그대 내 곁에 있고

The mountains are balanced,

The dandelion seeds stay half-submerged in the grass;

You and I together

We hold them proud and blithe

On our love.

They stand upright on our love,

Everything starts from us,

We are the source.

Beuerberg

산은 균형 잡혀 있고
민들레 씨가 반쯤 풀에 섞여 있고.
그대와 나 함께
우리의 사랑으로
모두를 자랑스럽고 기쁘게 받아들이니.
모두 우리 사랑 위에 똑바로 섰느니
모두 우리에게서 시작하니,
우리는 사물의 원천.

보이어베르크

GLOIRE DE DIJON

When she rises in the morning
I linger to watch her;
She spreads the bath-cloth underneath the window
And the sunbeams catch her
Glistening white on the shoulders,
While down her sides the mellow
Golden shadow glows as
She stoops to the sponge, and her swung breasts
Sway like full-blown yellow
Gloire de Dijon roses.

She drips herself with water, and her shoulders
Glisten as silver, they crumple up
Like wet and falling roses, and I listen
For the sluicing of their rain-dishevelled petals.
In the window full of sunlight
Concentrates her golden shadow
Fold on fold, until it glows as
Mellow as the glory roses.

Icking

디종의 영광

그녀가 아침에 일어나면
나는 그녀의 모습을 보기 위해 서성거린다.
그녀가 창문 아래 목욕 수건을 깔면
햇볕이 그녀를 비쳐
어깨 위에 하얗게 반짝인다.
그녀 옆구리에는 원숙한
금빛 그림자가 빛난다.
그녀가 스펀지를 주우려 몸을 굽히면 그녀의 출렁이는
　　　젖가슴이
활짝 핀 노란 장미처럼 출렁인다.
'디종의 영광' 장미꽃처럼.

그녀가 몸에 물을 끼얹는다. 어깨가
은빛으로 반짝이며 접혀
젖은 장미가 떨어지는 것 같다. 나는 귀 기울여
비에 젖어 헝클어진 장미 잎새에 물 떨어지는 소리를
　　　듣는다.
창에는 햇볕이 가득 차
그녀의 금빛 그림자에 모인다.
한 겹 한 겹 쌓여 그림자가 빛난다
영광의 장미처럼 원숙하게.

　　　　　　　　　　　　　　　　　　　　이킹

PARADISE RE-ENTERED

Through the strait gate of passion,
Between the bickering fire
Where flames of fierce love tremble
On the body of fierce desire:

To the intoxication,
The mind, fused down like a bead,
Flees in its agitation
The flames' stiff speed:

At last to calm incandescence,
Burned clean by remorseless hate,
Now, at the day's renascence
We approach the gate.

Now, from the darkened spaces
Of fear, and of frightened faces
Death, in our awed embraces
Approached and passed by;

We near the flame-burnt porches
Where the brands of the angels, like torches,

되찾은 낙원

강렬한 욕망의 육체에
강렬한 사랑의 불꽃이 전율하는
맹렬한 화염 사이로
열정의 좁은 문을 지나

황홀의 경지로
구슬처럼 녹아내린 마음은
불꽃의 힘찬 속도를
흥분에 차 피한다.

후회 없는 증오로 깨끗이 타 버린
백열을 진정키 위해 드디어
이제 대낮의 부활에서
열정의 문으로 나아간다.

이제, 공포와 겁에 질린 얼굴의
어두워진 공간에서부터
죽음은 우리의 두려운 포옹 속에서
다가왔다 지나가고

우린 불꽃에 그을린 문으로 나아간다.
횃불처럼 천사의 불꽃이

Whirl, — in these perilous marches
Pausing to sigh;

We look back on the withering roses,
The stars, in their sun-dimmed closes,
Where 'twas given us to repose us
Sure on our sanctity;

Beautiful, candid lovers,
Burnt out of our earthly covers,
We might have nestled like plovers
In the fields of eternity.

There, sure in sinless being,
All-seen, and then all-seeing,
In us life unto death agreeing,
We might have lain.

But we storm the angel-guarded
Gates of the long-discarded
Garden, which God has hoarded
Against our pain.

춤을 추는 ─ 이 위험한 행진에서
잠시 멈춰 한숨지으며.

휴식을 주는
우리의 성역에서
햇빛 흐린 공간의 별과
시들어 가는 장미를 우리는 돌아본다.

지상의 안식처로부터 타 버린
아름답고 숨김없는 연인들,
영원의 평원에서 우린
새 떼처럼 쉴 수도 있었건만

전부가 보이고 전부를 또 볼 수 있는
죄 없는 존재
삶이 죽음과 화합하는 상태에
머물 수도 있었건만.

그러나 우리는 천사가 지키는
오래 버려둔 낙원의 문으로 간다.
우리의 고통에 대항하여
신이 몰래 숨겨 둔 문으로.

The Lord of Hosts and the Devil
Are left on Eternity's level
Field, and as victors we travel
To Eden home.

Back beyond good and evil
Return we. Eve dishevel
Your hair for the bliss-drenched revel
On our primal loam.

여호와와 악마를
영원의 평원에 남겨 두고
승자처럼 돌아간다
에덴의 고향으로.

선과 악을 넘어
우리 돌아간다. 이브여 머리를 풀라.
태초의 대지 위에 벌어질
행복에 넘친 축제를 위해

"SHE SAID AS WELL TO ME"

She said as well to me: "Why are you ashamed?
That little bit of your chest that shows between
the gap of your shirt, why cover it up?
Why shouldn't your legs and your good strong thighs
be rough and hairy? — I'm glad they are like that.
You are shy, you silly, you silly shy thing.
Men are the shyest creatures, they never will come
out of their covers. Like any snake
slipping into its bed of dead leaves, you hurry into your
        clothes.
And I love you so! Straight and clean and all of a piece is the
        body of a man,
such an instrument, a spade, like a spear, or an oar,
such a joy to me — "
So she laid her hands and pressed them down my sides,
so that I began to wonder over myself, and what I was.

She said to me: "What an instrument, your body!
single and perfectly distinct from everything else!
What a tool in the hands of the Lord!
Only God could have brought it to its shape.

그녀가 또한 말하기를

그녀가 또한 말하기를, "왜 부끄러워하세요?
당신 셔츠 사이로 보이는
가슴을 왜 감추세요?
다리와 튼튼한 사타구니가
거칠고 털이 없을 이유가 없잖아요? — 그래서 나는 좋은걸요.
부끄러워하다니, 당신은 바보, 부끄러워하는 바보.
사내들은 부끄러움을 제일 많이 타는 인간.
옷을 벗지 않으려 하거든요. 뱀이
낙엽 속으로 빠져들어 가듯, 당신은 항상 옷 입기 바쁘죠.
정말 나는 당신을 사랑해요! 남자의 육체는 꼿꼿하고
　　깨끗하고 전체가 하나의 조각이에요.
훌륭한 도구, 삽이며 창이며 노예요,
나에게는 끝없는 환희예요"
그녀는 손을 내려 내 옆구리를 눌렀다.
그래서 나는 나 자신에 대해, 내가 무엇인지 생각하기
　　시작했다.

그녀가 말하기를 "당신의 몸은 훌륭한 도구!
다른 무엇과도 완전히 구별되는 개체.
주님의 손으로 만든 도구!
오직 신만이 이런 모습으로 창조할 수 있어요.
신의 손길이 당신을 창조하고 닦고

It feels as if his handgrasp, wearing you

had polished you and hollowed you,

hollowed this groove in your sides, grasped you under the
     breasts

and brought you to the very quick of your form,

subtler than an old, soft-worn fiddle-bow.

When I was a child, I loved my father's riding-whip that he
     used so often.

I loved to handle it, it seemed like a near part of him.

So I did his pens, and the jasper seal on his desk.

Something seemed to surge through me when I touched them.

So it is with you, but here

The joy I feel!

God knows what I feel, but it is joy!

Look, your are clean and fine and singled out!

I admire you so, you are beautiful: this clean sweep of your
     sides, this firmness, this hard mould!

I would die rather than have it injured with one scar.

I wish I could grip you like the fist of the Lord,

and have you — ”

깎아 낸 것을 느낄 수 있어요.
당신 옆구리를 이렇게 깎아 내고
젖가슴 아래에서 훑어 내려
오랜, 부드럽게 닳은 바이올린 활보다 더 정교한
당신 몸의 핵심부가 있게 했어요.

어릴 때 아버지가 자주 쓰던
말채찍을 좋아했어요.
그걸 가지고 놀기를 좋아했어요. 아버지의 일부처럼 보였기
　　때문이죠.
아버지의 펜과 책상 위에 놓인 벽옥 도장도 좋아했어요.
만지면 무엇인가 내 몸에서 솟아나는 것 같았어요.

당신도 마찬가지예요.
나는 기쁨을 느끼거든요!
내 기분을 누가 알겠어요, 그러나 틀림없이 기뻐요.
보세요, 당신은 깨끗하고 건강하고 빼어나요!
당신을 존경해요. 당신은 아름다워요. 이 허리의 깨끗한
　　곡선, 이 단단함, 이 튼튼한 몸집!
상처 내어 다치게 하느니 차라리 내가 죽겠어요.
주님의 손처럼 꼭 쥐고
갖고 싶어요, 당신을 ― ”

So she said, and I wondered,
feeling trammelled and hurt.
It did not make me free.

Now I say to her: "No tool, no instrument, no God!
Don't touch me and appreciate me.
It is an infamy.
You would think twice before you touched a weasel on a fence
as it lifts its straight white throat.
Your hand would not be so flig and easy.
Nor the adder we saw asleep with her head on her shoulder,
curled up in the sunshine like a princess;
when she lifted her head in delicate, startled wonder
you did not stretch forward to caress her
though she looked rarely beautiful
and a miracle as she glided delicately away, with such dignity.
And the young bull in the field, with his wrinkled, sad face,
you are afraid if he rises to his feet,
though he is all wistful and pathetic, like a monolith arrested,
  static.

그녀가 이렇게 말했다. 나는 의아했다.
갇히고 다친 것처럼 느끼면서.
그녀의 칭찬이 나를 자유롭게 하지는 않았다.

내가 대답했다. "도구도 기구도 아니고, 하느님도 없소!
나를 만지고 훌륭하다고 생각하지 마시오.
저속한 짓이오.
족제비가 그 곧고 하얀 목을 쳐들 때
울타리의 족제비를 만지기 전에 두 번 생각하겠지.
당신 손이 그렇게 가볍고 쉽지는 않겠지.
공주처럼 햇볕 따사로운 곳에서 똬리를 튼 채
머리를 어깨에 얹은 채 잠자는 독사도 쉽게 만지지 못하겠지.
독사가 놀라 정교하게 머리를 쳐들었을 때
그 모습이 드물게 아름다워 보여도
또 엄청난 위엄을 갖추고 정교한 몸짓으로 달아난 것이 기적
    같아도
당신은 그 독사를 쓰다듬어 주려고 손을 내밀지는 않지.
또 당신은 저 주름지고 슬픈 얼굴을 한 들판의 황소가
일어나면 무서워하지.
황소는 한자리에 박혀 선 돌기둥처럼 생각에 잠겨 슬프지만.

Is there nothing in me to make you hesitate?

I tell you there is all these.

And why should you overlook them in me? — "

당신을 주저케 하는 것이 나에게는 아무것도 없는 거요?
나에게도 이 모든 것이 다 있소.
어째서 당신은 이런 것을 대수롭게 생각하는 거요?"

POMEGRANATE

You tell me I am wrong.
Who are you, who is anybody to tell me I am wrong?
I am not wrong.

In Syracuse, rock left bare by the viciousness of Greek women,
No doubt you have forgotten the pomegranate-trees in flower,
Oh so red, and such a lot of them.

Whereas at Venice
Abhorrent, green, slippery city
Whose Doges were old, and had ancient eyes,
In the dense foliage of the inner garden
Pomegranates like bright green stone,
And barbed, barbed with a crown.
Oh, crown of spiked green metal
Actually growing!

Now in Tuscany,
Pomegranates to warm your hands at;
And crowns, kingly, generous, tilting crowns
Over the left eyebrow.

석류

당신은 내가 틀렸다고 말하오.
당신은 누구요? 내가 틀렸다고 말할 수 있는 자 누구요?
난 틀리지 않았소.

시러큐스에서는 희랍 여인들의 악의 때문에 바위가 그냥
　　버려져 있소.
당신은 꽃 핀 석류나무를 잊어버렸소.
아 그렇게 빨갛고, 그렇게 지천으로 많은.

베니스에서는,
불쾌한 초록빛 미끄러운 도시에서는,
대공들이 나이를 먹어, 늙은 눈을 가져
안마당의 짙은 초록 속에서
석류가 환한 초록빛 돌처럼
왕관으로 장식, 장식되었소.
아, 뾰족한 초록 쇠로 된 왕관이
정말 자라났소!

그러나 이제 투스카니 지방에서
석류는 손을 쪼일 만큼 따스하오.
왼쪽 눈썹 위의
왕관, 왕의, 관대한, 비스듬한 왕관.

And, if you dare, the fissure!

Do you mean to tell me you will see no fissure?
Do you prefer to look on the plain side?

For all that, the setting suns are open.
The end cracks open with the beginning:
Rosy, tender, glittering within the fissure.

Do you mean to tell me there should be no fissure?
No glittering, compact drops of dawn?
Do you mean it is wrong, the gold-filmed skin, integument,
    shown ruptured?

For my part, I prefer my heart to be broken.
It is so lovely, dawn-kaleidoscopic within the crack.

용기가 있다면 터진 끝을 보시오!

터진 끝을 보지 않겠다는 거요?
밋밋한 쪽을 보는 게 더 좋단 말이오?

이 모두를 위해, 지는 해가 열렸소.
끝이 시작과 함께 열려 터졌다오.
빨갛고 부드럽게 열려 터진 그 속에서 반짝이오.

열려 터지지 말아야 한다고요?
새벽의 농축한 이슬처럼 반짝이지도 말아야 한다고요?
금빛으로 씌운 껍질이, 터져 열린 표피가 잘못이라고요?

차라리, 나는 내 심장이 터지는 편이 낫겠소.
갈라 터진 속은 새벽의 만화경, 너무나 아름답다오.

THE MOSQUITO

When did you start your tricks,
Monsieur?

What do you stand on such high legs for?
Why this length of shredded shank,
You exaltation?

Is it so that you shall lift your centre of gravity upwards
And weigh no more than air as you alight upon me,
Stand upon me weightless, you phantom?

I heard a woman call you the Winged Victory
In sluggish Venice.
You turn your head towards your tail, and smile.

How can you put so much devilry
Into that translucent phantom shred
Of a frail corpus?

Queer, with your thin wings and your streaming legs
How you sail like a heron, or a dull clot of air,
a nothingness.

모기

언제 이 재주를 시작했나
무슈?

왜 이렇게 긴 다리를 하고 서 있나?
털 난 정강이는 왜 이렇게 긴가?
기고만장한 친구야?

자네 중력을 하늘로 올려
공기만큼 내 위에 가볍게 내려
무게 없이 서기 위해선가, 유령 같은 친구야?

죽은 듯한 베니스에서
한 여인이 자넬 '날개 돋친 승리'라 부르는 걸 들었는데
자네는 머리를 꼬리로 돌려 웃더군.

어떻게 그 많은 못된 짓을
연약한 몸뚱이의
희부연 유령 같은 조각 속에 넣을 수가 있나?

이상해라, 그 가는 날개와 뜨는 다리를 갖고
백로처럼, 무딘 공기처럼 잘도 떠돌아다니네,
아무것도 아닌 게.

Yet what an aura surrounds you;
Your evil little aura, prowling, and casting a numbness on my
    mind.

That is your trick, your bit of filthy magic:
Invisibility, and the anaesthetic power
To deaden my attention in your direction.

But I know your game not, streaky sorcerer.

Queer, how you stalk and prowl the air
In circles and evasions, enveloping me,
Ghoul on wings
Winged Victory.

Settle, and stand on long thin shanks
Eyeing me sideways, and cunningly conscious that I am aware,
You speck.

I hate the way you lurch off sideways into air
Having read my thoughts against you.

자네에게는 후광이 감싸고 있어.
자네의 간악한 작은 후광이 돌아다니다 내 마음에 마비를
　　일으켰어.

바로 그게 자네 재주, 조그마한 자네 더러운 마술.
보이지 않는 힘이, 마취의 힘이
내 주의를 자네 쪽으로 홀렸어.

이제 자네 재주를 알지, 울긋불긋 무당아.

이상도 해라, 걷다가 공중을 나는 솜씨.
원을 그리다 재빨리 피해 나를 감싸는 솜씨.
날개 달린 송장 귀신
날개 달린 승리.

내려앉아 길고 가는 정강이로 서서
나를 곁눈질하고, 내가 노리는 것을 교활하게 느끼는
자네는 조그마한 점.

내 속을 알아차리고는
옆걸음질을 해서 공중으로 달아나는 그 꼴이 아주 흉해.

Come then, let us play at unawares,
And see who wins in this sly game of bluff,
Man or mosquito.

You don't know that I exist, and I don't know that you exist.
Now then!

It is your trump,
It is your hateful little trump,
You pointed fiend,
Which shakes my sudden blood to hatred of you:
It is your small, high, hateful bugle in my ear.

Why do you do it?
Surely it is bad policy.

They say you can't help it.

If that is so, then I believe a little in Providence protecting the
    innocent.

자 내려와서 한바탕 놀아 보세.
이 교활한 허세 놀음에 누가 이기나 보세,
인간인지 모기인지.

내 존재하는 줄 자네 모르고, 자네 존재하는 줄 내가
    모르느니.
자 그럼!

그건 자네 나팔 소리,
자네 듣기 싫은 작은 나팔 소리
이 뽀족한 악마야.
자네를 증오하도록 내 피를 일깨운 것은
내 귓속의 작고 날카롭고 미운 나팔 소리.

왜 그러지?
현명치 못한 짓인 줄 알면서.

어쩔 수 없이 그런다고들 하지만.

그렇다면 우주의 섭리가 순수한 자를 보호하는 것을 나는
    조금은 믿네.

But it sounds so amazingly like a slogan,
A yell of triumph as you snatch my scalp.

Blood, red blood
Super-magical
Forbidden liquor.

I behold you stand
For a second enspasmed in oblivion,
Obscenely ecstasied
Sucking live blood,
My blood.

Such silence, such suspended transport,
Such gorging,
Such obscenity of trespass.

You stagger
As well as you may.
Only your accursed hairy frailty
Your own imponderable weightlessness
Saves you, wafts you away on the very draught my anger makes

그러나 이건 놀랍게도 슬로건처럼 들리는군.
자네가 내 머리를 물자 승리의 함성이 터지는 건.

피, 빨간 피
불가사의한
금지된 액체.

내 피를
산 피를 빨면서
망각 속에서 잠시 경련하는 꼴을
음란하게 황홀해하면서
자네 선 꼴을 보네.

이 침묵, 이 시간이 멈춘 황홀경,
이 탐식
이 음란한 침입.

자네 비틀거리는군.
제 분수만큼이나 잘 비틀거리는군.
자네 흉한 털보 가냘픈 몸뚱이가
자네 무게 없는 가벼운 체중이
자네를 살렸어. 홧김에 자네를 잡으려다 일으킨 바람이

in its snatching.

Away with a paean of derision
You winged blood-drop.
Can I not overtake you?
Are you one too many for me,
Winged Victory?
Am I not mosquito enough to out-mosquito you?

Queer, what a big stain my sucked blood makes
Beside the infinitesimal faint smear of you!
Queer, what a dim dark smudge you have disappeared into!

자네를 날려 보내고 말았네.

비웃는 건 그만두라고
자네 날개 돋친 핏방울.
자네를 따라잡을 수 없을까?
자네를 잡아도 또 모기가 있다고
날개 돋친 승려여?
모기를 이길 만큼 모기 재주가 없단 말인가?

이상도 해라! 내 빨린 피가 이렇게 큰 핏자국을 내다니
자네 조그맣게 눌린 몸뚱이에 비해!
이상도 해라! 이렇게 새까만 핏자국 속으로 자네가
　　사라지다니!

SNAKE

A snake came to my water-trough
On a hot, hot day, and I in pyjamas for the heat,
To drink there.

In the deep, strange-scented shade of the great dark carob tree
I came down the steps with my pitcher
And must wait, must stand and wait, for there he was at the
    trough before me.

He reached down from a fissure in the earth-wall in the gloom
And trailed his yellow-brown slackness soft-bellied down, over
    the edge of the stone trough
And rested his throat upon the stone bottom,
And where the water had dripped from the tap, in a small clearness,
He sipped with his straight mouth,
Softly drank through his straight gums, into his slack long body,
Silently.

Someone was before me at my water-trough,
And I, like a second-comer, waiting.

He lifted his head from his drinking, as cattle do,

뱀

뱀 한 마리 내 홈통에 왔다.
어느 무더운 날, 더위로 파자마만 입은 나도 물을 마시기
　　위해 그곳으로.

크고 어두운 주엽나무의 깊고 향내 짙은 그늘 아래
나는 물통을 들고 층계를 내려왔다.
하지만 기다려야지, 서서 기다려야지. 그가 나보다 먼저
　　홈통에 왔기에.

그는 어두운 흙담의 구멍에서 나와
황갈색 부드러운 게으른 배를 끌고 돌 홈통까지 와서
홈통에서 물이 맑게 떨어지는
돌바닥에 모가지를 내려놓고 쉬더니
꼿꼿한 아가리로 물맛을 보고는
꼿꼿한 잇몸으로 부드럽게 물을 마셔 게으르고 긴 몸뚱이
　　속에 넣었다.
조용히.

누군가가 내 물통에 나보다 먼저 왔기에
두 번째로 온 사람처럼 나는 기다린다.

그는 물을 마시다 머리를 들고, 소처럼

And looked at me vaguely, as drinking cattle do,
And flickered his two-forked tongue from his lips, and mused a
    moment,
And stooped and drank a little more,
Being earth-brown, earth-golden from the burning bowels of
    the earth
On the day of Sicilian July, with Etna smoking.

The voice of my education said to me
He must be killed,
For in Sicily the black, black snakes are innocent, the gold are
    veno-mous.

And voices in me said, If you were a man
You would take a stick and break him now, and finish him off.

But must I confess how I liked him,
How glad I was he had come like a guest in quiet, to drink at
    my water-trough
And depart peaceful, pacified, and thankless,
Into the burning bowels of this earth?

나를 멍하니 쳐다본다. 물 마시는 소처럼.
그러고는 찢어진 혀를 입술에서 내밀어 날름거리며 잠시
　　생각하더니
몸을 굽혀 조금 더 마신다.
땅 빛 갈색, 대지의 이글거리는 내부에서 나온 땅 빛 금색.
시칠리아의 여름날, 에트나 화산이 연기를 뿜는다.

나를 가르친 목소리는
그를 죽여야 한다고 속삭인다.
시칠리아에선 까만, 까만 뱀은 해(害)가 없지만 금빛은 독이
　　있기 때문에.

내 속에서 목소리는 말한다. 네가 만일 사내거든
몽둥이를 들어 지금 그를 쳐서 죽이라고.

그러나 손님처럼 조용히 내 홈통에 와서 물을 마시고는
만족해서 고마운 표정 하나 없이 평화롭게
대지의 이글거리는 창자 속으로 가 버린
그가 몹시도 좋았다고 나는 고백할까?

Was it cowardice, that I dared not kill him?
Was it perversity, that I longed to talk to him?
Was it humility, to feel so honoured?
I felt so honoured.

And yet those voices:
If you were not afraid, you would kill him!

And truly I was afraid, I was most afraid,
But even so, honoured still more
That he should seek my hospitality
From out the dark door of the secret earth.

He drank enough
and lifted his head, dreamily, as one who has drunken,
And flickered his tongue like a forked night on the air, so black,
Seeming to lick his lips,
And looked around like a god, unseeing, into the air,
And slowly turned his head,
And slowly, very slowly, as if thrice adream,
Proceeded to draw his slow length curving round
And climb again the broken bank of my wall-face.

그를 죽이지 못한 것은 겁이 나서였을까?
그와 말을 나누고 싶었던 것은 괴벽 때문이었을까?
그토록 영광스러웠던 것은 내가 비천한 까닭이었을까?
나는 그토록 영광스러울 수가 없었거니.

그러나 내부의 목소리는 여전히 속삭인다.
무섭지 않거든 죽여야 해!

나는 정말 무서웠다, 아주 무서웠다.
그러면서도 영광스러웠느니
그가 비밀스런 대지의 어두운 문에서 나와
나의 물을 마신 것이.

그는 물을 맘껏 마시고는
술취한 사람처럼, 꿈꾸듯 머리를 들어
깜깜한 한밤의 천둥처럼 혀를 날름거렸다.
입맛을 다시듯.
그리고 하느님처럼 아무도 보지 않으면서 하늘을 두리번거렸다.
그리고 천천히 머리를 돌려
그리고는 천천히 아주 천천히 꿈꾸듯
느리고 긴 몸뚱이를 끌고는
내 깨진 담을 기어올랐다.

And as he put his head into that dreadful hole,

And as he slowly drew up, snake-easing his shoulders, and
entered farther,

A sort of horror, a sort of protest against his withdrawing into
that horrid black hole,

Deliberately going into the blackness, and slowly drawing
himself after,

Overcame me now his back was turned.

I looked round, I put down my pitcher,

I picked up a clumsy log

And threw it at the water-trough with a clatter.

I think it did not hit him,

But suddenly that part of him that was left behind convulsed in
undignified haste,

Writhed like lightning, and was gone

Into the black hole, the earth-lipped fissure in the wall-front,

At which, in the intense still noon, I stared with fascination.

And immediately I regretted it.

그리고 저 흉한 구멍 속으로 머리를 박았다.
그러고는 천천히 올라가 꿈틀거리며 구멍 속으로 움직여
　　갔다.
공포감이, 저 흉한 까만 구멍 속으로 들어가는 데 대한
　　항의가,
고의적으로 까만 구멍으로 천천히 끌고 들어가는 데 대한
　　항의가,
그의 등 뒤에서 솟아났다.

나는 주위를 둘러보고 물통을 내려
어색한 막대기를 주워 들고
홈통으로 철썩 던졌다.

맞지 않았다고 생각했는데
미처 구멍 속에 들어가지 않은 꼬리 부분이 갑자기 체통
　　없이 꿈틀거리며
번개처럼 꿈틀하고는 사라져 버렸다.
까만 구멍, 담 정면의 갈라진 틈 속으로
나는 홀린 듯 그쪽을 지켜보았다. 이 강렬하고 조용한 정오에.

나는 곧 후회스러웠다.

I thought how paltry, how vulgar, what a mean act!
I despised myself and the voices of my accursed human
    education.

And I thought of the albatross,
And I wished he would come back, my snake.

For he seemed to me again like a king,
Like a king in exile, uncrowned in the underworld,
Now due to be crowned again.

And so, I missed my chance with one of the lords
Of life.
and I have something to expiate;
A pettiness.

얼마나 무가치하고 야비하고 비열한 짓인가!
나를 경멸하고, 저주스런 인간 교육의 목소리를 멸시하였다.

나는 알바트로스를 생각했다.
그리고 내 뱀이 다시 돌아오기를 바랐다.

내게는 그가 왕처럼 보였기에,
추방당한 왕, 지하에서 왕관을 쓰지 못했으나
곧 다시 왕관을 쓸 왕처럼.

이리하여 나는 모처럼의 기회를 놓치고 말았다.
생명의 왕과의 기회를,
나는 이제 속죄해야 하느니,
나의 비루한 짓을.

THE MOSQUITO KNOWS

The mosquito knows full well, small as he is

he's a beast of prey.

But after all

he only takes his bellyful,

he doesn't put my blood in the bank.

모기는 안다

모기는 잘 안다.
몸집은 작지만 식인 야수.
그러나 결국
배만 잔뜩 부르면 그만,
피를 은행에 저장하지는 않는다.

NO! MR LAWRENCE!

No, Mr Lawrence, it's not like that!
I don't mind telling you
I know a thing or two about love,
perhaps more than you do.

And what I know is that you make it
too nice, too beautiful.
It's not like that, you know; you fake it.
It's really rather dull.

천만에 로렌스 씨!

천만에 로렌스 씨, 그렇지가 않아요!
사랑에 관해서는 나도 한두 가지 안다고
말할 수 있어요.
아니 선생보다 더 많이 알지도 모르죠.

선생은 사랑을 너무 훌륭하고 아름답게
만들고 있어요.
하지만 사랑은 그렇지 않아요. 그건 거짓이죠.
사랑이란 정말 따분하니까요.

WAGES

The wages of work is cash.
The wages of cash is want more cash.
The wages of want more cash is vicious competition.
The wages of vicious competition is — the world we live in.

The work-cash-want circle is the viciousest circle
that ever turned men into fiends.

Earning a wage is a prison occupation
and a wage-earner is a sort of gaol-bird.

Earning a salary is a prison overseer's job
a gaoler instead of a gaol-bird.

Living on our income is strolling grandly outside the prison
in terror lest you have to go in. And since the work-prison
    covers
almost every scrap of the living earth, you stroll up and down
on a narrow beat, about the same as a prisoner taking
    exercise.

This is called universal freedom.

급료

노동의 대가는 현금
현금의 대가는 보다 많은 현금
보다 많은 현금의 대가는 악의에 찬 경쟁
악의에 찬 경쟁의 대가는 ― 우리가 사는 세계.

노동 - 현금 - 결핍의 순환이
인간을 악귀로 만든 최고의 악순환.

급료를 버는 것은 죄수의 짓.
급료를 버는 사람은 일종의 죄수.

월급을 버는 것은 간수의 일
죄수가 아닌 간수의 일

수입으로 사는 것은 형무소 밖에서 뽐내며 걷는 것
형무소 안으로 가지 않기 위해 겁에 질려 걷는 것.
형무소 작업장은
지상의 모든 곳을 다 포함해
죄수가 운동을 하는 것처럼
좁은 길을 위아래로 걷는 것.

이것은 소위 말하는 우주적 자유.

THE HEART OF MAN

There is the other universe, of the heart of man
that we know nothing of, that we dare not explore.

A strange grey distance separates
our pale mind still from the pulsing continent
of the heart of man.

Fore-runners have barely landed on the shore
and no man knows, no woman knows
the mystery of the interior
when darker still than Congo or Amazon
flow the heart's rivers of fulness, desire and distress.

인간의 마음

인간의 마음은 우리가 알지 못하고
탐험할 엄두도 못 내는 또 하나의 우주.

이상한 잿빛의 거리가
맥박 치는 인간 마음의 대륙을
우리의 창백한 지성으로부터 멀리한다.

먼저 간 이들은 육지에 아직 닿지 않았다.
콩고나 아마존보다 더 어두운
충만과 욕구와 슬픈 마음의 강이 흐르는
내부의 신비를
남자도 여자도 아는 이 없다.

MODERN PRAYER

Almighty Mammon, make me rich!
Make me rich quickly, with never a hitch
in my fine prosperity! Kick those in the ditch
who hinder me, Mammon, great son of a bitch!

현대의 기도

전능하신 재신(財神)이여, 부를 주소서!
어서 부자로 만들어 주시고, 저의 운수에
재난이 없게 하소서! 저를 방해하는 자를
시궁창에 차 넣으십시오, 위대한 개새끼 재신이여!

NAME THE GODS!

I refuse to name the gods, because they have no name.
I refuse to describe the gods, because they have no form nor
    shape nor substance.

Ah, but the simple ask for images!
Then for a time at least, they must do without.

But all the time I see the gods:
the man who is mowing the tall white corn,
suddenly, as it curves, as it yields, the white wheat
and sinks down with a swift rustle, and a strange, falling
    flatness,
ah! the gods, the swaying body of god!
ah the fallen stillness of god, autumnus, and it is only July
the pale-gold flesh of Priapus dropping asleep.

신의 이름!

신의 이름을 부르지 않으련다, 이름이 없기 때문.
신을 이야기하지 않으련다, 모양도 형체도 실체도 없기
　　때문.

아, 그러나 영상만이라도!
그런 다음 마침내 영상도 없어야 하느니.

그러나 나는 신을 항상 보느니.
키 큰 흰 밀을 자르는 사람이
갑자기 밀을 꺾어 하얀 알을 쏟아 놓고
삭삭거리는 소리를 내며 땅 위에 놓았을 때, 이상하게
　　납작하게 떨어지는 소리.
아! 그것이 신, 신의 몸이 흔들리는 소리!
아 가을의 신이 떨어지는 정적, 그러나 지금은 7월.
살이 누르께한 프리아포스* 신이 잠을 자고 있다.

---

* 그리스 신화에 나오는 생식의 신. 실체는 번식의 상징인 남근,
팔루스(phallus)를 가리킨다.

RETORT TO WHITMAN

And whoever walks a mile full of false sympathy
walks to the funeral of the whole human race.

휘트먼에게 주는 대답

그리고 거짓된 동정심으로 가득 차 일 마일을 걷는 자는
전 인류의 장례식장으로 가느니.

RETORT TO JESUS

And whoever forces himself to love anybody
begets a murderer in his own body.

예수에게 주는 대답

그리고 타인에게 사랑을 강요하는 자는
스스로 자신 안에 살인자를 낳느니.

THE BODY OF GOD

God is the great urge that has not yet found a body
but urges towards incarnation with the great creative urge.

And becomes at last a clove carnation: lo! that is god!
and becomes at last Helen, or Ninon: any lovely and generous
    woman
at her best and her most beautiful, being god, made manifest,
any clear and fearless man being god, very god.

There is no god
apart from poppies and the flying fish,
men singing songs, and women brushing their hair in the sun.
The lovely things are god that has come to pass, like Jesus
    came.
The rest, the undiscoverable, is the demi-urge.

신의 형체

신은 아직 형체를 찾지 못한 커다란 힘
창조적인 힘으로 형체를 찾다가

드디어 붉은 카네이션이 된다. 아! 바로 그것이 신.
또 마침내 헬렌이나 니농이 되느니. 아름답고 관대한
　　여성이
가장 훌륭하고 아름다운 상태에 이르면 신이 현현하느니,
맑고 겁 없는 사람은 신이거니.

신은 없나니,
양귀비와 날치와
노래하는 사람과, 햇볕에서 머리 빗는 여성 외에는.
예수가 그랬듯이, 곁에 다가왔다가 사라지고 마는
　　아름다운 것들이 신이거니.
그 밖에 찾을 수 없는 나머지는 데미우르고스.*

---

* 그리스어로 '제작자'라는 의미. 플라톤의 『티마이오스』에서 세계를 만든
거인을 가리키는데, 무에서 유를 창조하는 신과 달리 이데아로부터 주어진
재료로 창조를 한다.

BAVARIAN GENTIANS

Not every man has gentians in his house
in soft September, at slow, sad Michaelmas.

Bavarian gentians, big and dark, only dark
darkening the day-time, torch-like with the smoking blueness
    of Pluto's gloom,
ribbed and torch-like, with their blaze of darkness spread blue
down flattening into points, flattened under the sweep of white
    day
torch-flower of the blue-smoking darkness, Pluto's darkblue
    daze,
black lamps from the halls of Dis, burning dark blue,
giving off darkness, blue darkness, as Demeter's pale lamps give
    off light,
lead me then, lead the way.

Reach me a gentian, give me a torch!
let me guide myself with the blue, forked torch of this flower
down the darker and darker stairs, where blue is darkened on
    blueness

바바리아의 용담 꽃

부드러운 9월, 느리고 슬픈 미카엘 축제일에
집집마다 용담 꽃이 다 있는 것은 아니다.

크고 검은 바바리아의 용담 꽃.
한낮에 어둡게 플루토*의 우울을 푸르게 내뿜는 횃불
    같은 꽃.
어둠이 활활 타서 푸르게 퍼진 이랑진 횃불 같은 꽃.
흰 대낮에 눌려 하체가 점으로 납작해진,
어둠을 푸르게 내뿜는, 플루토의 어둡게 푸른 혼미의
    횃불 꽃,
저승의 복도에서 나온 것은 등불, 검푸르게 타면서,
어둠을, 푸른 어둠을, 데메테르**의 푸르스레한 등이 빛을
    내뿜듯, 타는 꽃.
인도하라, 인도하라.

용담 꽃을 다오. 횃불을 다오!
두 겹으로 갈라진 이 푸른 꽃으로 길을 찾으련다.
푸른빛이 푸름에 더욱 어두워지는, 어둡고 어두운 층계
    아래로.

---

  * 로마 신화에 나오는 저승의 왕. 그리스 신화의 하데스에 해당.
  ** 그리스 신화에 나오는 대지의 여신. 로마 신화의 케레스에 해당.

even where Persephone goes, just now, from the frosted
    September
to the sightless realm where darkness is awake upon the dark
and Persephone herself is but a voice
or a darkness invisible enfolded in the deeper dark
of the arms Plutonic, and pierced with the passion of dense
    gloom,
among the splendour of torches of darkness, shedding darkness
    on the lost bride and her groom.

지금 막 서리 앉은 9월을 떠나 페르세포네*가 내려가고
　　있다.
거긴 어둠이 어둠 위에 깨어 있는, 지척을 가릴 수 없어
페르세포네도 목소리일 뿐.
커다란 어둠의 햇불이 잃어버린 신부와 그녀의 신랑에게
　　어둠을 쏟아 놓는 가운데,
어둠이 보이지 않게, 플루토 팔의 보다 깊은 어둠 속에 안겨
강한 우수의 정열과 통해 있는 곳.

---

* 그리스 신화에 나오는 생성과 번식의 여신. 제우스와 데메테르의 딸로,
플루토가 유괴해서 아내로 삼았다.

THE SHIP OF DEATH

1

Now it is autumn and the falling fruit
and the long journey towards oblivion.

The apples falling like great drops of dew
to bruise themselves and exit from themselves.

And it is time to go, to bid farewell
to one's own self, and find and exit
from the fallen self.

2

Have you built your ship of death, O have you?
O build your ship of death, for you will need it.

The grim frost is at hand, when the apples will fall
thick, almost thundrous, on the hardened earth.

And death is on the air like a smell of ashes!
Ah! can't you smell it?

죽음의 배

1

지금은 가을, 과일이 떨어진다.
망각을 향해 먼 여행을 떠날 때.

커다란 이슬방울처럼 사과가 떨어진다.
스스로를 깨는 것은 스스로를 떠나는 것.

지금은 떠나야 할 시간. 자신에게
작별을 고하고, 떨어진 자신으로부터
출구를 찾을 시간.

2

죽음의 배를 만들었는가? 만들었는가?
죽음의 배를 만들라, 필요하리라.

무서운 서리가 가까이 왔다, 사과가 떨어진다.
딱딱한 대지 위에 큰 소리를 내며.

죽음의 재 내음처럼 공기 속에 배어 있다!
아! 이 냄새를 맡을 수 없나?

And in the bruised body, the frightened soul!
finds itself shrinking, wincing from the cold
that blows upon it through the orifices.

3

And can a man his own quietus make
with a bare bodkin?

With daggers, bodkins, bullets, man can make
a bruise or break of exit for his life;
but is that a quietus, O tell me, is it quietus?

Surely not so! for how could murder, even self-murder
ever a quietus make?

4

O let us talk of quiet that we know,
that we can know, the deep and lovely quiet
of a strong heart at peace!

상처 난 몸뚱이에서 놀란 영혼이
위축하고 움츠린다.
구멍 틈으로 불어오는 찬바람 앞에.

3

장식 없는 단검으로
인생을 마감할 수 있을까?

대검이나 단검이나 총알로
상처를 내어 생명을 내보낼 수 있을까?
이것이 인생의 마지막인가? 마지막인가?

아니다! 살인이나 자결이
어찌 마지막일 수 있을까?

4

우리가 아는, 알 수 있는
평화를 이야기하자. 깊고 아름다운
강한 마음의 평화를 이야기하자!

How can we this, our own quietus, make?

5

Build then the ship of death, for you must take
the longest journey, to oblivion.

And die the death, the long and painful death
that lies between the old self and the new.

Already our bodies are fallen, bruised, badly bruised,
already our souls are oozing through the exit
of the cruel bruise.

Already the dark and endless ocean of the end
is washing in through the breaches of our wounds,
already the flood is upon us.

Oh build your ship of death, your little ark
and furnish it with food, with little cakes, and wine
for the dark flight down oblivion.

우리는 이 마지막을 어떻게 할 것인가?

5

죽음의 배를 만들라. 너는 떠나야 하느니
망각으로 가는 긴 여행을.

낡은 자신과 새 자신 사이에 놓인
길고 고통스런 죽음을 맞아야 하느니.

벌써 육체는 떨어져 심한 상처가 났느니
심한 상처 사이로
벌써 영혼은 새 나가고 있느니.

벌써 종말의 어둡고 끝없는 바다가
상처 사이로 밀려들고 있느니
벌써 홍수가 밀려들고 있느니.

오 죽음의 배를 만들라, 너의 작은 방주에
음식과 과자와 술을 채우라.
어두운 망각의 길을 위해.

6

Piecemeal the body dies, and the timid soul
has her footing washed away, as the dark flood rises.

We are dying, we are dying, we are all of us dying
and nothing will stay the death-flood rising within us
and soon it will rise on the world, on the outside world.

We are dying, we are dying, piecemeal our bodies are dying
and our strength leaves us,
and our soul cowers naked in the dark rain over the flood,
cowering in the last branches of the tree of our life.

7

We are dying, we are dying, so all we can do
is now to be willing to die, and to build the ship
of death to carry the soul on the longest journey.

A little ship, with oars and food
and little dishes, and all accoutrements

6
육체는 조금씩 죽어 가고 숫기 없는 영혼은
검은 홍수에 밀려 발붙일 곳을 씻기우느니.

우리는 죽는다, 죽는다, 우리 모두 죽는다.
우리 내부에 죽음의 홍수가 솟으면 남는 것은 하나도 없거니.
홍수는 세상으로, 바깥 세계로 밀려갈 것이니.

우리는 죽는다, 죽는다, 육체는 조금씩 죽어 간다.
힘이 빠져나가고
영혼은 홍수의 검은 빗속에서 움츠린다.
생명의 나무 마지막 가지 아래에서 움츠린다.

7
우리는 죽는다, 우리는 죽는다, 남은 것은
이제 기꺼이 죽는 것, 그리고 배를 만드는 것.
먼 여행에 영혼을 싣고 갈 죽음의 배.

작은 배. 노와 음식과
작은 접시와 장비 모두를

fitting and ready for the departing soul.

Now launch the small ship, now as the body dies
and life departs, launch out, the fragile soul
in the fragile ship of courage, the ark of faith
with its store of food and little cooking pans
and change of clothes,
upon the flood's black waste
upon the waters of the end
upon the sea of death, where still we sail
darkly, for we cannot steer, and have no port.

There is no port, there is nowhere to go
only the deepening black darkening still
blacker upon the soundless, ungurgling flood
darkness at one with darkness, up and down
and sideways utterly dark, so there is no direction any more.
And the little ship is there; yet she is gone.
She is not seen, for there is nothing to see her by.
She is gone! gone! and yet
somewhere she is there.
Nowhere!

떠나는 영혼에 알맞게 갖추자.

지금은 작은 배를 띄울 시간. 육체가 죽어 가고
생명이 떠나는 시간. 연약한 영혼을 떠나보내자.
용기의 가냘픈 배에, 신앙의 방주에 실어.
음식과 작은 냄비와 옷가지를 갖추어서.
홍수의 검은 물결 위에,
종말의 대양 위에,
죽음의 바다 위에, 우리 모두 어둡게
항해하는 바다 위에, 방향을 잡을 수도 없고,
항구도 없는 바다 위에.

거긴 항구도 갈 곳도 없다.
오직 깊어지는 어둠이 더욱 어두워질 뿐.
소리 없는 홍수 위에 더욱 어두울 뿐.
어둠이 어둠과 화합하여, 위도 아래도
옆도 까맣게 어두워 방향이 없는 곳.
그 작은 배만 있을 뿐. 배가 떠났다.
보이지 않네. 아무것도 보이지 않네.
배가 떠났다! 떠났다! 그러나
어디엔가 배는 떠 있다.
어디도 아닌 곳에!

8

And everything is gone, the body is gone
completely under, gone, entirely gone.
The upper darkness is heavy on the lower,
between them the little ship
is gone
she is gone.

It is the end, it is oblivion.

9

And yet out of eternity, a thread
separates itself on the blackness,
a horizontal thread
that fumes a little with pallor upon the dark.

Is it illusion? or does the pallor fume
A little higher?
Ah wait, wait, for there's the dawn

8

모든 것이 사라졌네. 육체가 사라졌네.
까맣게 사라졌네. 아주 가고 말았네.
위층 어두움이 아래층을 짓누르며
그 사이의 작은 배는
떠나고 없네
떠나고 없네.

이것은 종말, 이것은 망각.

9

그러나 영원으로부터 한 가닥 실이
검은 공간 위에 빠져나온다.
수평의 실 한 가닥이
어둠 위에 창백하게 연기 내뿜는다.

이것은 환상인가? 창백한 연기는
좀 더 높이 솟고 있는가?
아 기다려라, 기다려라, 새벽이 보인다.

the cruel dawn of coming back to life
out of oblivion.

Wait, wait, the little ship
drifting, beneath the deathly ashy grey
of a flood-dawn.

Wait, wait! even so, a flush of yellow
and strangely, O chilled wan soul, a flush of rose.
A flush of rose, and the whole thing starts again.

10
The flood subsides, and the body, like a worn sea-shell
emerges strange and lovely.
And the little ship wings home, faltering and lapsing
on the pink flood,
and the frail soul steps out, into her house again
filling the heart with peace.

Swings the heart renewed with peace
even of oblivion.

망각으로부터
생명으로 돌아오는 잔인한 새벽이.

기다려라, 기다려라, 작은 배.
홍수의 새벽의
죽음 같은 잿빛의 회색 아래 출렁이면서.

기다려라, 기다려라. 그래도 누른빛 섬광
이상하게도, 싸늘하고 지친 영혼은 장밋빛 섬광.
장밋빛 섬광, 그리고 모든 것이 다시 시작하네.

10
홍수가 물러가고, 지친 조개껍질처럼 육체가
신비하고 아름답게 나타난다.
작은 배는 힘없이 비틀거리며 돌아온다.
선홍색 홍수 위에.
기운 없는 영혼이 배에서 내려 집으로 돌아간다.
가슴에 평화를 가득 채운다.

평화로 새로워진 가슴을 흔든다
망각의 가슴까지도.

Oh build your ship of death, oh build it!

for you will need it.

For the voyage of oblivion awaits you.

오 죽음의 배를 만들라, 오 만들라!
너에게 필요하리라.
망각의 여행이 너를 기다리고 있느니!

ALMOND BLOSSOM

Even iron can put forth,
Even iron.

This is the iron age,
But let us take heart
Seeing iron break and bud,
Seeing rusty iron puff with clouds of blossom.

The almond-tree,
December's bare iron hooks sticking out of earth.

The almond-tree,
That knows the deadliest poison, like a snake
In supreme bitterness.

Upon the iron, and upon the steel,
Odd flakes as if of snow, odd bits of snow,
Odd crumbs of melting snow.

But you mistake, it is not from the sky;
from out the iron, and from out the steel,
Flying not down from heaven, but storming up,

아몬드 꽃

무쇠도 싹을 틔울 수 있다,
무쇠까지도.

지금은 철기 시대,
그러나 용기를 갖자
무쇠가 터지고 봉오리를 갖는 걸 보며,
녹슨 무쇠가 꽃으로 만발한 걸 보며.

아몬드 나무,
대지에서 솟아난 12월의 쇠갈고리들.

아몬드 나무,
그것은 가장 치명적인 독을 안다,
극도의 고통에 빠진 뱀처럼.

무쇠 위에, 강철 위에,
눈같이 이상한 조각들, 이상한 눈가루들,
녹는 눈의 이상한 파편들.

그러나 당신은 오해할 테지,
이것이 하늘에서 온 것이 아니라,
무쇠에서, 그것도 강철에서 나온 것이라고,

Strange storming up from the dense under-earth
Along the iron, to the living steel
In rose-hot tips, and flakes of rose-pale snow
Setting supreme annunciation to the world.

Nay, what a heart of delicate super-faith,
Iron-breaking,
The rusty swords of almond-trees.

Trees suffer, like races, down the long ages.
They wander and are exiled, they live in exile through long ages
Like drawn blades never sheathed, hacked and gone black,
The alien trees in alien lands; and yet
The heart of blossom,
The unquenchable heart of blossom!

Look at the many-cicatrised frail vine, none more scarred and
    frail,
Yet see him fling himself abroad in fresh abandon
From the small wound-stump.

하늘에서 떨어진 것이 아니라, 폭풍쳐 오른 것이라고,
무쇠를 따라 두꺼운 지하에서 이상하게 폭풍쳐 올라
달아오른 장미 같은 꼭대기를 지닌 살아 있는 강철이 된
　　것이라고,
창백한 장미 같은 눈가루들이 세상에 최고의 포고를 한다고.

글쎄 지나친 믿음일지도,
무쇠가 터지다니,
아몬드 나무의 녹슨 칼들이.

나무들도 괴로워한다, 오랜 세월 산 사람들처럼.
그들은 배회하다 추방되어, 추방된 채 오랜 세월을 산다
칼집에 넣을 수 없는 뽑힌 칼들이 쓰이다 검게 변하듯
이국 땅에서 낯선 나무들, 그러나
만발한 꽃의 심장,
끌 수 없는 만발한 꽃의 심장!

보라, 더 이상 상처 낼 수도 없이 연약한,
저 상처투성이 연약한 덩굴들,
작고 상처 난 밑동 때문에
새로 내팽개친 것에 자신을 내던진 것을.

Even the wilful, obstinate, gummy fig-tree
Can be kept down, but he'll burst like a polyp into prolixity.

And the almond-tree, in exile, in the iron age!

This is the ancient southern earth whence the vases were baked,
    amphoras, craters, cantharus, oenochoe and open-hearted
    cylix,
Bristling now with the iron of almond-trees

Iron, but unforgotten.
Iron, dawn-hearted,
Ever-beating dawn-heart, enveloped in iron against the exile,
    against the ages.

See it come forth in blossom
From the snow-remembering heart
In long-nighted January,
In the long dark nights of the evening star, and Sirius, and the
    Etna snow-wind through the long night.

Sweating his drops of blood through the long-nighted

고집 세고, 끈질긴, 고무질의 무화과나무
짓눌릴지라도, 산호처럼 화려하게 피어나리.

추방당한 아몬드 나무, 철기 시대에!

이곳은 고대 남쪽 땅
꽃병과 항아리, 컵, 술잔,
좍 벌어진 컵을 굽던 곳,
이젠 무쇠 같은 아몬드 나무들 빽빽이 들어서 있다.

무쇠, 잊을 수 없지.
무쇠, 새벽을 가슴에 품었지
추방과 시대에 대항하느라 무쇠로 무장한
늘 고동치는 새벽 같은 가슴.

보라, 눈을 기억하는 가슴에서
꽃이 피어난 것을
정월의 긴 밤,
저녁 별과 시리우스가 뜨고, 밤새 에트나 산의 눈보라가 치던
지리하고 어두운 밤에.

긴 밤 겟세마네 핏방울이 스민다.

Gethsemane

Into blossom, into pride, into honey-triumph, into most
    exquisite splendour.
Oh, give me the tree of life in blossom
And the Cross sprouting its superb and fearless flowers!

Something must be reassuring to the almond, in the evening
    star, and the snow-wind, and the long, long nights,
Some memory of far, sun-gentler lands,
So that the faith in his heart smiles again
And his blood ripples with that untenable delight of once-
    more-vindicated faith,
And the Gethsemane blood at the iron pores unfolds, unfolds,
Pearls itself into tenderness of bud
And in a great and sacred forthcoming steps forth, steps out in
    one stride
A naked tree of blossom, like a bridegroom bathing in dew,
    divested of cover,
Frail-naked, utterly uncovered
To the green night-baying of the dog-star, Etna's snow-edged
    wind
And January's loud-seeming sun.

꽃 속으로, 자존심 속으로, 감미로운 승리 속으로,
가장 절묘한 화려함 속으로.
오, 나에게 꽃 핀 생명의 나무를 달라
그리고 훌륭하고 겁 없는 꽃을 솟게 한 십자가를.

아몬드 나무에 기운을 북돋는 게 있겠지, 저녁 별과
　　눈보라와 기나긴 밤 속에,
먼, 따뜻한 햇빛 비추는 나라의 추억이,
그래서 그의 마음속 믿음을 다시 미소 짓게 하겠지
그리고 나무의 피 한층 진실하고 절묘한 기쁨으로 잔물결
　　친다
무쇠의 기공에선 겟세마네의 피가 계속 스며 나와
부드러운 꽃봉오리로 장식한다
크고 성스럽게 다가오는 발소리, 성큼 다가오는 발소리를
　　내며,
꽃이 진 나무, 이슬로 목욕한 신랑처럼
허약하게 적나라하게 드러낸다
천랑성*이 짖어 대는 초록빛 밤과, 에트나 산정의 눈발 서린
　　바람
그리고 1월의 강렬한 태양에.

• 시리우스.

Think of it, from the iron fastness
Suddenly to dare to come out naked, in perfection of blossom,
    beyond the sword-rust.
Think, to stand there in full-unfolded nudity, smiling,
With all the snow-wind, and the sun-glare, and the dog-star
    baying epithalamion.

Oh, honey-bodied beautiful one
Come forth from iron,
Red your heart is.
Fragile-tender, fragile-tender life-body,
More fearless than iron all the time,
And so much prouder, so disdainful of reluctances.

In the distance like hoar-frost, like silvery ghosts communing
    on a green hill,
Hoar-frost-like and mysterious.

In the garden raying out
With a body like spray, dawn-tender, and looking about
With such insuperable, subtly-smiling assurance,

생각해 보라, 쇠처럼 단단한
녹슨 칼 저 너머, 극치에 달한 꽃을,
갑자기 적나라하게 드러내는 것을.
생각해 보라, 적나라한 알몸으로 서 있는 것을, 미소 지으며,
온갖 눈바람과 태양 빛을 받으며, 거기다 천랑성이
결혼 축가를 짖어 대는 것을.

오, 감미로운 육체를 가진 아름다운 것아
무쇠에서 피어나라,
너의 가슴은 빨갛다.
허약하면서 부드러운, 허약하면서 부드러운 생명의 육체는
언제나 무쇠보다 대담하고,
당당하며, 주저하지 않는다.

저 멀리 새하얀 서리처럼,
푸른 언덕에서 교감하는 은빛 유령처럼
새하얀 서리처럼 신비롭다.

뜰에 안개 같고, 새벽처럼 부드러운 육체가
빛을 낸다. 그리고 둘러본다
억누를 수 없고, 미묘하게 웃음 짓는 확신으로,

Sword-blade-born.

Unpromised,
No bounds being set.
Flaked out and come unpromised.
The tree being life-divine,
Fearing nothing, life-blissful at the core
Within iron and earth.

Knots of pink, fish-silvery
In heaven, in blue, blue heaven,
Soundless, bliss-full, wide-rayed, honey-bodied,
Red at the core,
Red at the core,
Knotted in heaven upon the fine light.

Open,
Open,
Five times wide open,
Six times wide open,

And given, and perfect;

탄생한 칼날.

기약도 없고
끝도 없다.
파편이 되어 기약도 없다.
신성한 생명의 나무,
두려움 없는, 철과 대지의
핵심에서 행복한 삶을 누리는.

하늘에서, 푸르디푸른 하늘에서
고요하고, 기쁨에 넘쳐, 널리 비추는 사랑스런 육체의,
가슴이 붉은,
가슴이 붉은,
하늘의 화려한 빛 위에 맨
핑크 빛 물고기 같은 은빛 매듭들.

피어라
피어라
다섯 배 피어라
여섯 배 피어라

마음껏 활짝 피어라.

And red at the core with the last sore-heartedness,
Sore-hearted-looking.

마지막 아픈 마음으로 가슴을 붉게 물들여라,
상심한 것처럼.

KANGAROO

In the northern hemisphere
Life seems to leap at the air, or skim under the wind
Like stags on rocky ground, or pawing horses, or springy scut-
tailed rabbits.

Or else rush horizontal to charge at the sky's horizon,
Like bulls or bisons or wild pigs.

Or slip like water slippery towards its ends,
As foxes, stoats, and wolves, and prairie dogs.

Only mice, and moles, and rats, and badgers, and beavers, and
perhaps bears
Seem belly-plumbed to the earth's mid-navel.
Or frogs that when they leap come flop, and flop to the centre
of the earth.

But the yellow antipodal Kangaroo, when she sits up,
Who can unseat her, like a liquid drop that is heavy, and just
touches earth.

The downward drip

캥거루

북반구에서
삶은 대기로 도약하고, 바람을 스쳐 나는 것 같다
돌 많은 땅의 수사슴, 발길질하는 말, 탄력 있는 짧은 꼬리
　　달린 토끼들처럼.

또는 하늘의 지평선으로 돌진하듯 수평으로 달리는 것 같다,
황소나 들소 혹은 멧돼지처럼.

또는 목적지를 향해 흐르는 물처럼 미끄러져 가는 것 같다,
여우, 담비, 늑대 그리고 들개 들처럼.

새앙쥐, 두더지, 쥐, 오소리, 비버, 그리고 곰 들만이
대지 가운데 배꼽에 배를 수직으로 한 것 같다.
혹은 펄쩍 뛰어내릴 때, 대지의 중심으로
펄쩍 뛰어내릴 때의 개구리만이.

그러나 노란 남반구의 캥거루가 앉아 있을 때,
누가 그녀를 밀어낼 수 있을까, 무겁게 대지에 막 닿은
물방울처럼.

아래쪽으로 떨어지는
아래로 향한 열망

The down-urge.
So much denser than cold-blooded frogs.

Delicate mother Kangaroo
Sitting up there rabbit-wise, but huge, plumb-weighted,
And lifting her beautiful slender face, oh! so much more gently
and finely lined than a rabbit's, or than a hare's, Lifting her
face to nibble at a round white peppermint drop, which
she loves, sensitive mother Kangaroo.

Her sensitive, long, pure-bred face.
Her full antipodal eyes, so dark,
So big and quiet and remote, having watched so many empty
dawns in silent Australia.

Her little loose hands, and drooping Victorian shoulders.
And then her great weight below the waist, her vast pale belly
With a thin young yellow little paw hanging out, and straggle
of a long thin ear, like ribbon,
Like a funny trimming to the middle of her belly, thin little
dangle of an immature paw, and one thin ear.

냉혈의 개구리보다 훨씬 더 강한.

민감한 엄마 캥거루
거기에 토끼처럼, 하지만 크고 온전한 무게로 앉아 있다가
아름답고 긴 얼굴 들어 올린다, 오! 집토끼나 산토끼보다
　　훨씬 더 점잖고 고운 얼굴 선, 둥글고 하얀 박하사탕을
　　갉아먹으려 얼굴을 든다, 박하사탕을 좋아하는, 민감한
　　엄마 캥거루.

그녀의 섬세하고, 긴, 순종의 얼굴
아주 검고, 크며, 고요하게, 멀리 응시하는
커다란 남반구의 눈,
조용한 오스트레일리아의 수많은 텅 빈 새벽을 지켜보고 있다.

그녀의 작고 느슨한 손들, 늘어진 빅토리아풍의 어깨,
허리 아래 거대한 무게, 노랗고 작은 앞발을 내놓고,
길고 가는 귀를 리본처럼 늘어뜨린 야윈 새끼를 품은
　　거대하고 창백한 복부,
복부 중간에 우스운 장식물처럼,
미숙한 앞발과 한 개의 야윈 귀를 가진 야위어 자그맣게
　　매달린 것.

Her belly, her big haunches
And, in addition, the great muscular python-stretch of her tail.

There, she shan't have any more peppermint drops.
So she wistfully, sensitively sniffs the air, and then turns, goes
    off in slow sad leaps
On the long flat skis of her legs,
Steered and propelled by that steel-strong snake of a tail.

Stops again, half turns, inquisitive to look back.
While something stirs quickly in her belly, and a lean little face
    comes out, as from a window,
Peaked and a bit dismayed,
Only to disappear again quickly away from the sight of the
    world, to snuggle down in the warmth,
Leaving the trail of a different paw hanging out.

Still she watches with eternal, cocked wistfulness!
How full her eyes are, like the full, fathomless, shining eyes of
    an Australian black-boy
Who has been lost so many centuries on the margins of
    existence!

그녀의 배, 커다란 허리
게다가, 크고 활력 있는 뱀 같은 그녀의 꼬리.

거기서, 그녀는 더 이상 박하사탕을 먹을 수 없다.
그녀 동경하듯, 민감하게 냄새를 맡다 돌아서서 천천히
　　슬프게 뛰어 사라진다.
그녀의 다리에 달린 길고 평평한 스키를 타고,
강철같이 강한 뱀 같은 꼬리에 조종되어 몰린 채.

다시 멈추어, 반쯤 돌아서서 호기심에 뒤를 본다.
그사이 뭔가 그녀의 배 안에서 급히 꿈틀거린다.
그리고 야위고 작은 얼굴을 내민다. 창문 밖으로 내밀 듯이,
몸을 꼿꼿이 세우고 조금 우울하게,
세상의 시야에서 다시 급히 사라져
온기 속으로 기어든다,
다른 발을 쑥 내민 것처럼 꼬리를 남겨 둔 채.

그러나 그녀 계속 바라본다. 쫑긋 세우고 동경에 차서!
그녀의 눈 크기도 하지,
생존의 가장자리에서 수많은 세월 잊혔던
오스트레일리아 흑인 소년의 크고, 헤아릴 수 없이 빛나는
　　눈처럼!

She watches with insatiable wistfulness.

Untold centuries of watching for something to come,

For a new signal from life, in that silent lost land of the South.

Where nothing bites but insects and snakes and the sun, small
life.

Where no bull roared, no cow ever lowed, no stag cried, no
leopard screeched, no lion coughed, no dog barked,

But all was silent save for parrots occasionally, in the haunted
blue bush.

Wistfully watching, with wonderful liquid eyes.

And all her weight, all her blood, dripping sack-wise down
towards the earth's centre,

And the live little-one taking in its paw at the door of her belly.

Leap then, and come down on the line that draws to the earth's
deep, heavy centre.

Sydney

채워지지 않은 동경의 눈으로
수세기 동안 차마 말 못 한 뭔가 다가오기를 기다린다
남부의 조용하게 잊힌 땅의 새로운 조짐을.

벌레와 뱀, 태양, 소박한 삶 외엔 물어뜯는 것이 없는 곳
황소가 울지도, 암소가 침울하지도, 수사슴이 울어 대지도,
　　표범이 비명을 지르지도, 사자가 기침을 하지도, 개가
　　짖어 대지도 않는 곳,
귀신 나오는 푸른 수풀에 이따금 나타나는 앵무새를
　　제외하곤 온통 조용한 곳.

동경에 차서 바라본다, 아름답고 촉촉한 눈으로.
그리고 온갖 그녀의 무게, 온갖 그녀의 피, 지구의 중심을
　　향해 부대처럼 떨어진다
또 그녀 배의 문에는 살아 있는 어린것이 앞발을 내민다.
뛰어내려라, 지구의 깊고 무서운 중앙까지 이어진 선까지,
　　내려와라.

　　　　　　　　　　　　　　　　　　　　　　시드니

HOW BEASTLY THE BOURGEOIS IS

How beastly the bourgeois is
especially the male of the species —

Presentable, eminently presentable —
shall I make you a present of him?

Isn't he handsome? Isn't he healthy? Isn't he a fine specimen?
Doesn't he look the fresh clean Englishman, outside?
Isn't it God's own image? tramping his thirty miles a day
after partridges, or a little rubber ball?
wouldn't you like to be like that, well off, and quite the thing?

Oh, but wait!
Let him meet a new emotion, let him be faced with another
        man's need,
let him come home to a bit of moral difficulty, let life face him
        with a new demand on his understanding
and then watch him go soggy, like a wet meringue.
Watch him turn into a mess, either a fool or a bully.
Just watch the display of him, confronted with a new demand
        on his intelligence,
a new life-demand.

부르주아는 얼마나 짐승 같은가

부르주아는 얼마나 짐승 같은가
그중에 특히 남자들은 ─

내놓을 만한, 자신 있게 내놓을 만한 ─
그 사람을 내 소개해 드릴까요?

미남이죠? 건강하죠? 훌륭한 표본이죠?
외모는, 신선하고 깨끗한 영국인 같아 보이죠?
신의 이미지 같지요? 하루에 30마일을 돌아다니며
자고새나 작은 고무공을 쫓지요?
당신도 유복하고 세련된 이 사람처럼 되고 싶지요?

오, 그러나 잠깐만!
그를 새로운 정서에 직면케 해 보고, 다른 사람의 빈곤을
    겪어 보도록 해 보세요,
약간의 도덕적 어려움도 알게 하고, 인생의 새로운 이해에
    부딪치게 해 보세요.
그러면 그가 계란 반죽처럼 흐물흐물해지는 걸 보실 겁니다.
바보나 악한처럼 우왕좌왕하는 걸 보세요. 새로운 지성의
    요구나,
새로운 생의 요구에 직면해서
허세 부리는 걸 보세요.

How beastly the bourgeois is
especially the male of the species —

Nicely groomed, like a mushroom
standing there so sleek and erect and eyeable —
and like a fungus, living on the remains of bygone life
sucking his life out of the dead leaves of greater life than his own.

And even so, he's stale, he's been there too long.
Touch him, and you'll find he's all gone inside
just like an old mushroom, all wormy inside, and hollow
under a smooth skin and an upright appearance.

Full of seething, wormy, hollow feelings
rather nasty —
How beastly the bourgeois is!

Standing in their thousands, these appearances, in damp
    England
What a pity they can't all be kicked over
like sickening toadstools, and left to melt back, swiftly

부르주아는 얼마나 짐승 같은가
그중에 특히 남자들은 ―

버섯처럼 멋있게 치장하고
맵시 있고 바른 자세로 눈에 띄게 서 있지만
진균처럼 죽은 생물의 찌꺼기를 먹고살고
자기보다 더 큰 생명의 죽은 이파리를 빨아먹지요.

그리고 너무 오래 서 있어서 곰팡내가 날 지경이지요.
그를 건드려 보세요, 그러면 그가 안으로 이미 삭아 버린 걸
        아실 거예요
늙은 버섯처럼, 속은 벌레투성이에, 텅 비어 있는
매끄러운 피부와 번듯한 외모.

들끓고, 벌레투성이의 텅 빈 감정으로 채워진
아주 추악한 ―
부르주아는 얼마나 짐승 같은가!

축축한 영국 땅에는 이런 위인들이 수천 명이나 서 있다
얼마나 애석한 일인가
병든 독버섯처럼 모두 차 버릴 수도

into the soil of England.

영국의 토양에 재빨리 녹여 버릴 수도 없으니.

BAT

At evening, sitting on this terrace,
When the sun from the west, beyond Pisa, beyond the
     mountains of Carrara
Departs, and the world is taken by surprise......

When the tired flower of Florence is in gloom beneath the glowing
Brown hills surrounding......

When under the arches of the Ponte Vecchio
A green light enters against stream, flush from the west,
Against the current of obscure Arno......

Look up, and you see things flying
Between the day and the night;
Swallows with spools of dark thread sewing the shadows together.

A circle swoop, and a quick parabola under the bridge arches
Where light pushes through;
A sudden turning upon itself of a thing in the air.
A dip to the water.

And you think:

박쥐

저녁, 테라스에 앉아,
해가 서쪽에서, 피사와 카라라 산맥을 넘어
저물고, 세상이 순식간에 기습을 당할 때……

플로렌스의 지친 꽃이 어둠 속에 있을 때
환히 타는 갈색 언덕 아래서……

폰테 베키오 아치 아래로
초록빛이 강물에 반사되고, 서쪽에선 붉은빛이
어슴푸레한 아르노 강 물살에 반사될 때……

고개를 들라, 그러면 보게 되리
밤과 낮 사이를 나는 것들을,
어둠을 함께 꿰매는 검은 실패가 달린
제비들을.

빛이 밀치고 지나가는 아치 다리 아래
급선회하며 재빨리 포물선을 긋다가
공중 속에서 급히 회전하는 물체
살짝 물 위를 스친다.

그러면 그대는 생각하리

"The swallows are flying so late!"

Swallows?

Dark air-life looping
Yet missing the pure loop......
A twitch, a twitter, an elastic shudder in flight
And serrated wings against the sky,
Like a glove, a black glove thrown up at the light,
and falling back.

Never swallows!
Bats!
The swallows are gone.

At a wavering instant the swallows give way to bats
By the Ponte Vecchio......
Changing guard.

Bats, and an uneasy creeping in one's scalp
As the bats swoop overhead!
Flying madly.

"제비들이 이렇게 늦게 날아다니네!"

제비들이라고?

검은 날짐승 선회한다
그러나 완전히 돌지는 못해……
확 잡아챘다, 찍찍거리고 탄력 있게 날아다니는 어깨
하늘을 향해 펼친 톱니 모양의 날개,
장갑처럼, 불빛 속에 던져졌다 떨어지는
검은 장갑처럼.

천만에 제비는 아니지!
박쥐들!
제비는 가 버렸지.

망설이는 순간 제비들 박쥐들에게 자릴 내준다.
폰테 베키오 강가에서……
호위병 교대식.

박쥐들 머리 위로 급습할 때
머리 밑에 끼치는 불쾌한 소름!
미친 듯한 비행.

Pipistrello!

Black piper on an infinitesimal pipe.

Little lumps that fly in air and have voices indefinite, wildly
  vindictive;

Wings like bits of umbrella.

Bats!

Creatures that hang themselves up like an old rag, to sleep;
And disgustingly upside down.

Hanging upside down like rows of disgusting old rags
And grinning in their sleep.
Bats!

In China the bat is symbol of happiness.

Not for me!

피피스트렐로!
아주 작은 피리를 부는 검은 악사
공중을 날며, 모호한 소리로 미친 듯 부르짖는
작은 덩어리들,

작은 우산 같은 날개들.

박쥐들!

낡은 누더기처럼 잠자려 매달린 녀석들,
그것도 흉물스럽게 거꾸로.

흉물스런 낡은 누더기를 널어 놓은 것처럼 거꾸로 매달려
씩 웃으며 잠을 잔다.
박쥐들!

중국에선 박쥐가 행복의 상징이라지.

내겐 천만에!

A WINTER'S TALE

Yesterday the fields were only grey with scattered snow,
And now the longest grass-leaves hardly emerge;
Yet her deep footsteps mark the snow, and go
On towards the pines at the hill's white verge.

I cannot see her, since the mist's pale scarf
Obscures the dark wood and the dull orange sky;
But she's waiting, I know, impatient and cold, half
Sobs struggling into her frosty sigh.

Why does she come so promptly, when she must know
She's only the nearer to the inevitable farewell?
The hill is steep, on the snow my steps are slow —
Why does she come, when she knows what I have to tell?

겨울 이야기

어제 들판은 흩날리는 눈으로 온통 회색빛이었고,
지금은 가장 긴 풀잎도 거의 보이지 않는다.
그러나 그녀의 깊은 발자국은 눈 위에 새겨져,
언덕 흰 끝 솔밭 길까지 이어져 있다.

난 그녀를 볼 수 없다, 희뿌연 안개 스카프가
검은 숲과 흐릿한 오렌지 빛 하늘을 흐려 놓았기에.
그러나 그녀는 초조하게 추위에 떨며 기다리겠지
흐느낌이 서리 같은 한숨 속에 스며들면서.

피치 못할 이별이 가까이 와 있는 것을 알면서
왜 그녀는 그토록 빨리 나왔는가?
언덕길은 가파르고 눈 위에 내 걸음은 느린데,
내가 뭐라 할지 알면서 그녀는 왜 온 걸까?

AUTUMN RAIN

The plane leaves
fall black and wet
on the lawn;

the cloud sheaves
in heaven's fields set
droop and are drawn

in falling seeds of rain;
the seed of heaven
on my face

falling — I hear again
like echoes even
that softly pace

heaven's muffled floor,
the winds that tread
out all the grain

of tears, the store
harvested

가을비

잔디밭 위
플라타너스 잎들이
검게 변하고 축축해진다

하늘 밭의
구름 단들은
축 늘어져 끌려간다

떨어지는 비의 씨 속에.
하늘의 씨가
내 얼굴 위에

떨어지는 소리 ― 난 다시 듣는다
하늘의 구름 바닥을
부드럽게 밟고 가는

고른 메아리처럼,
온갖 눈물의 낱알들을 짓밟는
바람,

드높이 쌓아 올린
고통의 단으로

in the sheaves of pain

caught up aloft:
the sheaves of dead
men that are slain

now winnowed soft
on the floor of heaven;
manna invisible

of all the pain
here to us given;
finely divisible
falling as rain.

추수된

곳간
살해된
죽은 자들의 더미

지금 하늘 바닥에서
부드럽게 키질 된다
온갖 고통의

보이지 않는 만나*
여기 우리에게 주어진다
아주 미세하게 나뉘어
비가 되어 떨어진다.

---

* 옛날 이스라엘 사람들이 아라비아의 광야에서 신으로부터 받은 음식물.

A YOUNG WIFE

The pain of loving you
Is almost more than I can bear.

I walk in fear of you.
The darkness starts up where
You stand, and the night comes through
Your eyes when you look at me.

Ah never before did I see
The shadows that live in the sun!

Now every tall glad tree
Turns round its back to the sun
And looks down on the ground, to see
The shadow it used to shun.

At the foot of each glowing thing
a night lies looking up.

Oh, and I want to sing
and dance, but I can't lift up
My eyes from the shadows: dark

젊은 아내

당신을 사랑하는 고통
더 이상 견딜 수가 없어요.

나 당신이 두려워서 걸어요.
당신이 서 있는 곳에 갑자기 어둠이 나타나고,
당신이 나를 바라볼 때
당신의 눈 속으로 밤이 오고 있어요.

아 난 전에는 본 적이 없어요
태양 속에 사는 그림자를!

이제 크고 아름다운 나무마다
태양에게 등 돌리고
땅을 내려다봐요, 예전에
피하던 그림자를 보려고.

빛나는 것마다 발치엔
밤이 위를 쳐다보며 누워 있어요.

아, 노래 부르고
춤추고 싶어요. 그러나 그림자에서 눈을 뗄 수 없어요. 검게
그들은 컵 주위에

They lie spilt round the cup.

What is it? — Hark
The faint fine seethe in the air!

Like the seething sound in a shell!
It is death still seething where
The wild-flower shakes its bell
And the skylark twinkles blue —

The pain of loving you
Is almost more than I can bear.

갈라져 누워 있어요.

이게 뭐예요? 들어 보세요
대기에서 어렴풋이 끓어오르는 희미한 소리!

소라 껍질 속 끓어오르는 소리 같아요!
그건 들꽃이 봉오리를 흔들고
종달새 푸르게 반짝이는 곳에
조용히 끓어오르는 죽음.

당신을 사랑하는 고통
더 이상 견딜 수가 없어요.

WEDDING MORN

The morning breaks like a pomegranate
    In a shining crack of red;
Ah, when to-morrow the dawn comes late
    Whitening across the bed
It will find me watching at the marriage gate
    And waiting while light is shed
On him who is sleeping satiate
    With a sunk, unconscious head.

And when the dawn comes creeping in,
    Cautiously I shall raise
Myself to watch the daylight win
    On my first of days,
As it shows him sleeping a sleep he got
    With me, as under my gaze
He grows distinct, and I see his hot
    Face freed of the wavering blaze.

Then I shall know which image of God
    My man is made toward;
And I shall see my sleeping rod
    Or my life's reward;

결혼식 아침

석류처럼 아침이 열린다
　눈부신 붉은 열림 속에서.
아, 내일 여명이 늦게 침대를
　하얗게 가로질러 오면
햇빛이 고개를 숙이고 정신없이
　포만감에 젖어 잠든 그를 비추는 동안
결혼 문 앞에서 두리번거리며 기다리는
　나를 발견하리라.

새벽이 살금살금 기어들어 올 때,
　살며시 나를 일으켜 세워
햇빛이 나의 삶의 처음을
　손에 넣는 걸 지켜보리라,
나와 함께 단잠에 빠진 그를 비추어
　내 눈 아래서, 그 모습 또렷해지고
내가 너울거리는 불길에서 벗어난
　그의 달아오른 얼굴 바라볼 때.

그땐 알게 되리, 그이가
　신의 어느 쪽 모습으로 만들어졌는지를.
또한 보게 되리, 잠든 지팡이를
　혹은 내 삶의 보답을.

And I shall count the stamp and worth
　　Of the man I've accepted as mine,
Shall see an image of heaven or of earth
　　On his minted metal shine.

Oh, and I long to see him sleep
　　In my power utterly;
So I shall know what I have to keep —
　　I long to see
My love, that spinning coin, laid still
　　And plain at the side of me
For me to reckon — for surely he will
　　Be wealth of life to me.

And then he will be mine, he will lie
　　Revealed to me;
Patent and open beneath my eye
　　He will sleep of me;
He will lie negligent, resign
　　His truth to me, and I
Shall watch the dawn light up for me
　　This fate of mine.

내 사람으로 맞은 그이의
　모습과 가치를 짐작해 보리라
찍어 낸 주화처럼 빛나는 그의 얼굴에서
　하늘이나 땅의 이미지를 보게 되리라.

아, 나는 내 힘으로 온전히
　그이가 잠자는 걸 보고 싶어.
그래야 내가 지켜야 할 게 무언지 알 수 있지……
　나는 보고 싶어
빙빙 도는 동전 같은 내 사랑이 내 곁에
　조용하고 꾸밈없이 누워 있으니.
내 생각에 그는 분명
　내 삶의 보물일 테니.

그러면 그는 나의 것,
　(숨기는 것 없이 알몸으로) 누워 있을 거야
내 눈 아래 명백하게 열어 놓은 채
　내 곁에서 잠잘 테지
그가 편안히 누워
　그의 진심을 나에게 맡기면, 난
새벽빛이 날 위해 나의 이런 운명을
　밝게 비추는 걸 보게 되리라.

And as I watch the wan light shine
    On his sleep that is filled of me,
On his brow where the curved wisps clot and twine
    Carelessly,
On his lips where the light breaths come and go
    Unconsciously,
On his limbs in sleep at last laid low
    Helplessly,
I shall weep, oh, I shall weep, I know
    For joy or for misery.

희미한 빛을 비추는 걸 보게 되리라
　나로 충만해진 그의 잠자는 모습과,
아무렇게나
　헝클어진 곱슬머리를 덮은 이마와,
무심코
　부드러운 숨결을 내쉬는 입술,
힘없이
　잠결에 늘어뜨린 그의 사지를.
난 눈물을 흘릴 거야, 아, 눈물을 흘릴 거야,
　기쁨에서 처절함에서.

A DOE AT EVENING

As I went through the marshes
a doe sprang out of the corn
and flashed up the hill-side
leaving her fawn.

On the sky-line
she moved round to watch,
she pricked a fine black blotch
on the sky.

I looked at her
and felt her watching;
I became a strange being.
Still, I had my right to be there with her.

Her nimble shadow trotting
along the sky-line, she
put back her fine, level-balanced head.
And I knew her.

Ah yes, being male, is not my head hard-balanced, antlered?
Are not my haunches light?

저녁의 암사슴

내가 늪지를 지나갈 때
암사슴 한 마리 옥수수 밭에서 튀어나와
언덕 중턱으로 쏜살같이 뛰어갔다
새끼 사슴은 남겨 둔 채.

능선 위에서
암사슴은 망을 보느라 어슬렁거리다
하늘 위에
작고 검은 점을 그렸다.

난 암사슴을 보았고
암사슴이 망을 보는 걸 느꼈다.
난 낯선 존재가 되었다.
여전히, 난 그곳에 암사슴과 함께 있는 권리를 가졌다.

암사슴의 재빠른 그림자가 총총걸음 친다.
능선을 따라서, 암사슴은
맵시 있고 균형 잡힌 고개를 뒤로 돌렸다.
그리고 난 암사슴을 알았다.

그래, 남자인 내 머리는 단단하게 균형이 잡힌 것도, 뿔이
    달린 것도 아니지?

Has she not fled on the same wind with me?

Does not my fear cover her fear?

내 등허리는 민첩하지도 않지?
암사슴은 나와 똑같은 바람에 휩쓸린 것도 아니지?
내 두려움이 그녀의 두려움을 덮어 줄 수는 없겠지?

SHADOWS

And if tonight my soul may find her peace
in sleep, and sink in good oblivion,
and in the morning wake like a new-opened flower
then I have been dipped again in God, and new-created.

And if, as weeks go round, in the dark of the moon
my spirit darkens and goes out, and soft, strange gloom
pervades my movements and my thoughts and words
then I shall know that I am walking still
with God, we are close together now the moon's in shadow.

And if, as autumn deepens and darkens
I feel the pain of falling leaves, and stems that break in storms
and trouble and dissolution and distress
and then the softness of deep shadows folding, folding
around my soul and spirit, around my lips
so sweet, like a swoon, or more like the drowse of a low, sad
    song
singing darker than the nightingale, on, on to the solstice
and the silence of short days, the silence of the year, the
    shadow,
then I shall know that my life is moving still

그림자

만일 오늘 밤 내 영혼이 잠 속에서 평화를 찾고
유쾌한 망각 속에 빠져서
아침에 새롭게 피어난 꽃처럼 깨어난다면
그때 난 다시 하느님 속에 잠겼다 새로 태어난다.

만일 몇 주가 흘러가면서, 달의 어둠 속에서
나의 영혼이 어두워져 사라지고, 부드럽고 이상한 슬픔이
내 행동과 사고와 언어에 스며들면
그때 난 알게 되리라, 내가 아직 하느님과 함께 걷고 있음을
달이 어둠 속에 있는 지금, 우리 가까이 함께 있음을.

만일 가을이 깊어 어두워질 때
떨어지는 낙엽과 폭풍에 부러진 줄기들의 고통,
괴로움, 소멸 그리고 고통을 느낀다면
그리고 깊은 그림자의 부드러움이
내 영혼과 정신을 감싸 준다면
내 입술을 기절하듯 달콤하게,
졸린 듯이 나직하고 슬픈 노래처럼 감싸 준다면
나이팅게일보다 더 우울하게 노래 부르듯 감싸 준다면
동지와 짧은 낮의 침묵과 이 해의 침묵과 그림자에
다가서도록 감싸 준다면
그때 난 알리라. 아직 내 생명이

with the dark earth, and drenched
with the deep oblivion of earth's lapse and renewal.

And if, in the changing phases of man's life
I fall in sickness and in misery
my wrists seem broken and my heart seems dead
and strength is gone, and my life
is only the leavings of a life:

and still, among it all, snatches of lovely oblivion, and snatches
    of renewal
odd, wintry flowers upon the withered stem, yet new, strange
    flowers
such as my life has not brought forth before, new blossoms of
    me —

then I must know that still
I am in the hands [of] the unknown God,
he is breaking me down to his own oblivion
to send me forth on a new morning, a new man.

어두운 대지와 함께 움직이고 있음을,
대지의 쇠퇴와 소생의 깊은 망각에 흠뻑 젖어 있음을.

만일 인생이 변화하는 단계에서
병들고 불행해지고
손목이 부러진 듯하고, 심장이 멈춘 듯하면,
그리고 기력이 쇠하고, 내 인생이
삶의 찌꺼기에 불과해지면,

여전히, 이 모든 것 속의 사랑스런 망각의 순간들과 소생의
　　순간들
시든 가지 위에 기이한 겨울 꽃들, 내 인생이 이전에 피워 본
　　적 없는
새롭고 기이한 꽃들,
내 새로운 꽃들이 있다면.

그때 난 알아야 한다.
나 미지의 하느님 손에 있음을
그가 날 와해하여 나를 잊었다가
새로운 아침 새로운 사람으로 내보낼 것임을.

FROHNLEICHNAM

You have come your way, I have come my way;
You have stepped across your people, carelessly, hurting them
   all;
I have stepped across my people, and hurt them in spite of my
   care.

But steadily, surely, and notwithstanding
We have come our ways and met at last
Here in this upper room.

Here the balcony
Overhangs the street where the bullock-wagons slowly
Go by with their loads of green and silver birch-trees
For the feast of Corpus Christi.

Here from the balcony
We look over the growing wheat, where the jade-green river
Goes between the pine-woods,
Over and beyond to where the many mountains
Stand in their blueness, flashing with snow and the morning.

I have done; a quiver of exultation goes through me, like the first

성체축일

당신은 당신의 길을, 나는 내 길을 걸어왔다.
당신은 당신의 사람들을 밟고서, 무심하게, 그들 모두에게
　　상처를 주며
나는 나의 사람들을 밟고서, 조심했으나 그들에게 상처를
　　주며.

하나 한결같이, 확실하게, 어쨌든
우리는 우리의 길을 걸어와 마침내 만났다
여기 위층 방에서.

여기 발코니는
성체축일을 향해
초록빛 은빛 자작나무를 신고
황소 마차가 천천히 지나가는 거리 위에 걸려 있다.

여기 발코니에서
우리는 자라는 밀과
소나무 숲 사이를 흐르는 푸른 비취 빛 강과
눈과 아침 햇살로 반짝이며, 푸름 속에 서 있는
수많은 산들을 본다.

나는 해냈다. 환희의 떨림이 내게 스친다.

Breeze of the morning through a narrow white birch.
You glow at last like the mountain tops when they catch
Day and make magic in heaven.

At last I can throw away world without end, and meet you
Unsheathed and naked and narrow and white;
At last you can throw immortality off, and I see you
Glistening with all the moment and all your beauty.

Shameless and callous I love you;
Out of indifference I love you;
Out of mockery we dance together,
Out of the sunshine into the shadow,
Passing across the shadow into the sunlight,
Out of sunlight to shadow.

As we dance
Your eyes take all of me in as a communication;
As we dance
I see you, ah, in full!
Only to dance together in triumph of being together
Two white ones, sharp, vindicated,

작고 하얀 자작나무를 통과한 아침의 첫 미풍처럼.
산꼭대기가 낮을 맞이하여 하늘에서 마술을 부릴 때
산꼭대기처럼 당신은 마침내 발갛게 달아오른다.

드디어 나는 끝없는 세계를 버리고, 집에서 나와
알몸으로 숨죽인 하얀 당신을 만날 수 있다.
이제 당신은 영원을 떨쳐 버릴 수 있다, 그리고 난
언제나 반짝이는 당신과 당신의 온갖 아름다움을 본다.

부끄럼 없고 무감각한 내가 당신을 사랑한다.
무관심에서 나온 내가 당신을 사랑한다.
조롱하지 않고 우린 함께 춤춘다.
햇빛에서 나와 그늘 속으로
그늘을 가로질러 햇빛 속으로,
햇빛을 피해 그늘로.

우리가 춤을 출 때
당신의 눈은 교감으로 내 전부를 사로잡는다.
우리가 춤을 출 때
난 당신을 바라본다, 아, 온전히!
함께 있다는 승리감 속에 춤을 출 때만
빈틈없이, 명확한 빛을 내며 스치는

Shining and touching,

Is heaven of our own, sheer with repudiation.

두 개의 하얀 육체는
완전한 거부로, 우리 자신의 천국이 된다.

데이비드 허버트 로렌스(1885-1930)

「디종의 영광」은 아내 프리다에게 바치는 시다.

그녀가 아침에 일어나면
나는 그녀의 모습을 보기 위해 서성거린다.
그녀가 창문 아래 목욕 수건을 깔면
햇볕이 그녀를 비쳐
어깨 위에 하얗게 반짝인다.
그녀 옆구리에는 원숙한
금빛 그림자가 빛난다.
그녀가 스펀지를 주우려 몸을 굽히면 그녀의 출렁이는 젖가슴이
활짝 핀 노란 장미처럼 출렁인다.
'디종의 영광' 장미꽃처럼.

노팅엄대학교 시절 은사의 아내였던 여섯 살 연상의 프리다.

그림을 그리고 있는 로렌스(1928)

1885년   9월 11일 노팅엄 주의 이스트우드에서 광부의 아들로
          태어남.

1901년   첫사랑 제시 체임버스를 만나다.

1906년   9월 노팅엄대학교 사범과 입학.

1909년   《잉글리시 리뷰》에 시를 발표하여 문단에 등장.

1910년   어머니 사망.

1911년   1월 첫 장편『하얀 공작』출판.

1912년   4월 독일 명문가의 딸이며, 로렌스의 노팅엄대학교 시절
          은사인 어니스트 위클리 교수의 부인인 프리다 위클리
          리치소펜을 만나다.

1913년   『사랑의 시』,『아들과 연인』출판.

1914년   프리다와 결혼,『프루시아 장교』출판. 11월『토머스 하디
          연구』탈고.

1915년   9월 걸작『무지개』발표.

1920년   대표작『사랑하는 여인들』발표. 실론 및 오스트레일리아
          여행. 미국 정착. 비평서『무의식의 환상』, 단편집『영국,
          나의 영국』발표.

1921년   비평서『심리 해부와 무의식』발표.

1923년   비평서『고전 미국 문학 연구』, 시집『새, 짐승, 꽃』, 장편
          『캥거루』발표.

1924년   장편『숲속의 소년』발표.

1925년   멕시코 여행에서 미국 경유, 영국 귀국, 이탈리아에 정주.

1926년   장편『날개 돋친 뱀』발표. 플로렌스 교외에 정착하여
          그림에 착수.

1927년   여행기『멕시코의 아침』발표.

1928년   『채털리 부인의 연인』,『시선집』발표.

| 1929년 | 비평 「외설과 음란」 발표. 런던에서 미술 전람회가 개최되었으나 스코틀랜드야드(영국 런던경찰국)가 그림 일부를 압수, 전람회의 중단을 명령. |
| 1930년 | 3월 4일 마흔다섯 살에 프랑스 방스에서 폐병으로 사망. |

시로 쓴 일기

정종화

1

많은 사람들이 로렌스를 소설가로만 알고 있고 시인 로렌스에 대한 이해는 극히 빈약하다. 『아들과 연인』, 『무지개』, 『채털리 부인의 사랑』 같은 소설로 로렌스의 명성이 높아 다른 장르에서 보인 그의 활동은 부당하리만큼 그늘에 가려 있다. 이러한 피해의 여파로 실제 로렌스의 시나 희곡이나 에세이를 읽은 사람들조차 이것들이 소설의 부산물에 불과하다고 생각하는 경향이 없지 않다. 다재다능한 작가가 정열적인 창작 활동의 주력을 소설에 쏟고 여력을 문학의 다른 장르에 투입한 것에 불과하다고 믿고 있다. 그 결과 로렌스의 시나 비평이나 희곡은 대단할 것이 없다는 대접을 받게 된 것이다.

그러나 「바바리아의 용담 꽃」, 「죽음의 배」, 「뱀」, 「피아노」 등 수편의 시는 로렌스 문학 속에서 빼어난 일품일 뿐만 아니라 영시 전반에 걸쳐 빼놓을 수 없는 걸작으로 인정되고 있다. 시인으로서 로렌스가 영문학사에서 갖는 위치는 그가 설사 소설을 쓰지 않았어도 상당할 것이다. (비평가나 극작가로서 갖는 그의 중요성도 마찬가지다.) 우선 양적인 면에서도 시인으로서 그의 위치는 확고부동하다. 여섯 권의 시집 속에 수록된 시의 수가 천 편이 넘는다. 물론 이 많은 작품 중에는 로렌스가 쓰지 않았어도 좋을, 좀 더 각고가 필요한 태작이 없는 것은 아니다. 그러나 비평가이며 시인인 A. 알바레스가 지적하듯, 그의 태작도 천재의 실패작으로, 로렌스 특유의 재기와 활력으로 충만해 있다.

R. P. 블랙머를 위시하여 일련의 비평가들이 로렌스의 태작에 가까운 작품들을 두고 신랄한 비판을 가한 바 있다. 그들은 로렌스의 시가 주제에 의해 지나치게 압도된 나머지 기교와 형태를 소홀히 한 결점을 지적한다. 하지만 이것은 로렌스의 다른 문학 장르에서와 마찬가지로, 그가 일생 추구한 생명 완수의 문제가 전통적인 시의 형태 속에 제한되기를 거부한 예를 과장해서 지적한 것이다.

로렌스는 "다른 작품의 복사품이 아닌 작품은 그것대로 독립된 구조를 갖고 있다."고 주장하면서, 한 작가의 무의식 세계에서 절실한 절규로 우러나오는 "순수하고 정열적인 경험"은 기존의 어떠한 형태나 패턴 속에 그냥 받아들일 수는 없는 것이라고 자신의 신념을 토로했다. 이러한 로렌스의 주장이 제임스 조이스나 T. S. 엘리엇 같은 작가들의 예술적 기교의 완전함과 때때로 상당한 거리를 두고 있는 것이 사실이며, 블랙머가 지적한 대로 상당한 분량의 로렌스 작품은 '예술은 멀고 인생이 너무 가까운' 결함을 솔직히 내포하고 있다.

2

그러나 로렌스는 핀토 교수가 지적하는 대로, 마스크를 쓰지 않은 시인이다. 릴케나 예이츠처럼 시인의 비전을 객관적으로 표시하기 위해 시 작품 속에 제2의 자신을 창조한 것이 아니라, 소설에서처럼 작자가 직접 작품 속에 등장하여 독자에게 자신의 감정과 사상을 전달하고 있다. 페르소나의 매개가 없는 점에서 로렌스는 대시인 블레이크나 셰익스피어(적어도 그의 『소네트』)와 비견할 수 있다. 로렌스는 자신의 영감에 전적으로 의존하여 의식과 무의식의 세계가 모두 하나의 유기적인 전체로 합일하는 차원에서 창조 활동을 쏟아냈다. 따라서 그의 시는 직접적이고, 동시적이고, 활력에 차 있으며, 호소력이 강하고, 감성이 예리하다. 그의 발랄하고 때로는 산만하기까지 한, 시인의 사색과

관찰과 영혼의 절규는 기존 형태에 만족스럽게 담길 수가 없다. 오스트리아 시인 호프만슈탈은 시의 형태 자체를 '마스크'라고 말하지만, 적어도 로렌스는 영시의 전통적인 마스크에 그의 얼굴과 영혼을 같은 모습으로 맞출 수는 없었다. 로렌스 자신은 기존의 시형(詩形)을 두고 "정적인 추상"이며 "결정화(結晶化)하고, 정해지고, 끝난" "환상물"이라 부르며, 자유시를 극찬하고 있다.

　자유시에 대해 많은 논문이 나왔다. 그러나 처음이자 마지막으로, 이 자유시에 대해 하고 싶은 한마디는, 순간적이며 전인(全人)에서 나오는 직접적인 발언이어야 한다는 것이다. 자유시는 정신과 육체가 한꺼번에 솟아나는 것이어야 하며, 여기에는 조화되지 않는 나머지가 있어서는 안 된다. 자유시에서는 정신과 육체가 동시에 발언한다. 여기에는 물론 약간의 혼돈과 불협화음이 없지 않다. 그러나 이 혼돈과 불협화음은, 물결이 떨어질 때 소리가 나는 것처럼, 현실 속에서 다소 있을 수밖에 없는 요소다.

　로렌스는 자유시에서는 '법규'를 인위적으로 만들거나 운율적인 것이 있어서는 안 된다고 경고한다. 그는 계속해서 자유시를 하나의 형태로 정형화하려는 시도는 자유시의 참된 성격을 모르는 사람들의 오해라고 규정하면서, 로렌스 자신이 목표로 하는 자유시는 "순간적인 것이며 힘차고 빠른 것이며, 미래와 과거의 원천"이어서, 자유시의 동시적 발언은 "항상 내면에서 솟아나는 규칙"이어야 한다고 『새로운 시집』 서문에서 주장하고 있다.
　이러한 로렌스의 시작(詩作) 태도가 시인의 마스크와 시의 형태 자체를 하나의 예술품으로 생각하는 블랙머 같은 비평가의 척도에는 안 맞는 것이 당연하다. 그는 로렌스가 기교를

등한시하여 예술의 폐허 위에 시를 세웠다고 비난한다. 그러나 로렌스의 시에서 새뮤얼 콜리지가 말하는 "유기적인 시형"을 발견한 핀토 교수는 이렇게 말하고 있다.

> 그는 유기적 내지 표현적 형태를 창조하여, 그의 시적 감수성을 누구도 동의하지 않은 세상에서, 자신의 알몸의 정열적인 경험을 표현해야 했다. 이 작업은 끝없이 어려운 것으로써, 영웅적인 자신감과 최상급의 시적 기교를 필요로 하였다.

3

그레이엄 하프 교수는 로렌스의 시를 연대순으로 구분하여 다섯 개의 계열로 나누고 있다. 첫째 그룹이 『아들과 연인』의 배경이 되는 청년기 습작 내지 사춘기 작품으로, 어머니 외에 미리암과, 잠시 약혼을 했던 루이 바로와, 또 크로이든에서 사귀었던 헬렌 콕 같은 사람들과 사귄 경험에서 나온 글들이다. 따라서 상당 부분 자서전적인 요소를 띠고 있으며, 후기의 원숙한 작품과 좋은 대조를 이루는 다분히 감상적인 작품들이 많이 포함되어 있다. 어머니의 죽음을 두고 쓴 「신부」가 이 무렵 대표 작품인데, 여전히 『아들과 연인』에서 보여 준 어머니에 대한 깊은 애정이 감상적으로 표현되어 있다.

로렌스는 이 무렵부터 자연에 대해 민감한 반응을 보이기 시작했다. 소설가로서의 그의 처녀작 『하얀 공작』이나 그다음에 나온 『아들과 연인』에서도 자연의 모든 현상 속에서 생명의 맥박을 느끼고, 이러한 상황과 예민한 교감을 가진 바 있다. 이것은 그의 동물시나 식물시 등 후기로 접어들면서 더욱 깊어지고 확대되었지만 그의 초기 시작에서도 이 무렵 소설에 나타난 징후를 노출하고 있다. 「버찌 도둑」이 한 예다. 이 일련의 자연시에서 로렌스는 워즈워스 같은 낭만 시인들을 연상시킨다.

미리암의 원형이 된 제시 체임버스는 로렌스와 생물 사이에 항상 살아 있는 전율이 오가는 듯한 느낌을 받았다고 회고하는데, 확실히 그의 초기 시에서부터 그러한 특징이 두드러지게 나타나고 있다.

두 번째 시기의 작품들은 시집 『보라! 우리는 이렇게 이겨 왔다!』에 수록된 것들로, 프리다와의 결혼을 전후로, 청년기를 벗어나 하나의 원숙한 작가로서의 로렌스가 등장하는 시기의 작품들이다. 작품의 무대는 독일, 이탈리아, 영국이고, 주로 로렌스와 프리다 사이의 관계가 어떻게 이루어지는지를 심리적인 입장에서 노래하고 있다. 로렌스는 이 시집에서 그의 인간적 성숙과 주변인들과의 관계의 성공적인 성립을 구가하면서, 시의 형식에서도 재래적인 것과 과감하게 결별하여 자신만의 시형을 찾아내고 있다. 한편 로렌스는 휘트먼적인 자유시를 도입하여 강렬한 감정의 긴박성을 몇몇 시에서 객관화하는 데 성공하고 있다. 「헤네프 강가에서」, 「첫 아침」, 「디종의 영광」, 「되찾은 낙원」, 「그녀가 또한 말하기를」 같은 작품들이 모두 인간과 시인으로 원숙해 가는 모습을 보여 준다.

세 번째 그룹의 작품들은 로렌스가 주로 이탈리아에 살던 시기에(몇 편은 실론과 오스트레일리아와 멕시코에서 쓰인) 속한다. 하프 교수는 이 무렵이 『캥거루』, 『아론의 지팡이』를 쓴 시기임을 강조하고, 소설가로서 로렌스의 정력이 창작 속에 십분 발휘되지 못한 대신 그의 주력이 시작 속으로 흡수된 시기였다고 설명한다. 확실히 로렌스는 「뱀」에서처럼 문체와 언어의 구사를 성공적으로 도입하고 그의 자유시에 운율을 살린 시집 『새, 짐승, 꽃』을 발표하여 시인으로서 활약하고 있다. 로렌스는 이 시기 초기부터 가진 자연에 대한 관심을 더욱 확대시켜 삼라만상의 모든 생명체와 신비한 교감을 나눈다. 로렌스는 낭만주의 시인들이 뚫고 들어가지 못한 동물의 세계와 관계를 설정하고 신비스러운 진리를 시적 비전에서 경험한다. 이런 의미에서 로렌스의 자연시는 낭만 시인들의 작품보다 더욱 완전하고 넓은 폭을 지녔다고 말할 수 있다. 「모기」, 「뱀」, 「석류」 등이 이 무렵의 작품 경향을 대변한다.

네 번째 작품들은 시집 『팬지 꽃』에 수록된, 거의 경구와 같은 단편적인 시들이다. 하프 교수 같은 사람들은 이 계열의 시를 가볍게 취급하나 호거트 교수가 말하듯, "현실적이며, 근엄하고, 재치 있는 중부 지방 사람의 목소리"가 지배적으로 들리는 작품들로, 청교도적인 로렌스의 지방적 내지 가정적 배경이 잘 노출되고 있는 풍자시들이다. 핀토 교수가 지적한 대로, 이 계열의 시에서 우리는 "인생을 사랑하는, 그러면서 익살스럽고 해학적인 현자의 목소리"를 들을 수 있다. 또한 이 시기 시에서 토속적인 방언이 재치 있고, 간단명료하며, 직설적인 어조에 싸여 있는 특색을 보인다. 「모기는 안다」, 「급료」, 「인간의 마음」, 「현대의 기도」, 「신의 이름」, 「휘트먼에게 주는 대답」, 「예수에게 주는 대답」 등이 이러한 특징을 잘 나타내고 있다.

『최후의 시집』 속에 수록된 작품들은 죽음을 앞둔 시인이 신과 죽음의 문제를 개인적인 신화 속에서 다루고 있다. 로렌스는 기독교적인 위안이나 낭만주의 환상 같은 전통적 죽음에 대한 견해를 지양하고, 용감하게 절대적인 어둠으로 죽음을 받아들이고 있다. 그의 걸작 「바바리아의 용담 꽃」이나 「죽음의 배」는 모두 죽음이라는 미지의 항해를 어둠으로 해석하는데, 감각적인 신비주의가 주조를 이룬다. 이것은 어느 면에서 로렌스가 일찍이 보여 주었던, 자연에 대한 관심을 우주적인 것으로 확대했다고 볼 수 있는데, 그가 신의 본질을 생명의 창조적인 구현으로(「신의 형체」) 보는 견해에서 잘 나타난다.

많은 비평가들이 로렌스의 시를 소설의 지류로 간주하고, 창작 활동의 주력을 소설에 쏟고 난 여력으로 시를 쓴 것처럼 생각하는 경향이 있다. 이러한 견해는 그의 경구적이며 도덕적인 중기 단편시에 다소 적용되는 비평일 수는 있으나, 그의 대작에는 결코 해당될 수 없다.

「뱀」이나 「바바리아의 용담 꽃」이나 「죽음의 배」에서 로렌스가 표현하는 신비한 교감과 개인적 우주관, 그리고 죽음과 신에 대한 견해는 산문보다는 시의 세계에서 보다 성공적으로 구현되었다. 같은 주제를 다룬 단편과 중편이 「뱀」이나 「바바리아의 용담 꽃」보다 문학적 강도가 약한 이유가 바로 여기 있으며, 이런 뜻에서 로렌스는 토머스 하디처럼 본질적으로 시인의 기질을 타고난 작가라 할 수 있다. 블랙머가 지적한 대로 상당수 로렌스의 시가 외형적 결함을 갖추고 있는 것이 사실이지만, 로렌스가 언급한 시들에서 이룩한 예술적 기교의 완성은 영시의 기념비적인 업적임을 누구도 부정할 수 없을 것이다.

세계시인선 23   나의 사랑은 오늘 밤 소녀 같다

1판 1쇄 펴냄 1977년 12월 20일
1판 2쇄 펴냄 1988년 10월 30일
2판 1쇄 펴냄 1995년 6월 20일
2판 2쇄 펴냄 2003년 7월 20일
3판 1쇄 찍음 2017년 8월 20일
3판 1쇄 펴냄 2017년 8월 25일

지은이   D. H. 로렌스
옮긴이   정종화
발행인   박근섭, 박상준
펴낸곳   (주)민음사

출판등록   1966. 5. 19. (제16-490호)
주소   서울시 강남구 도산대로1길 62
           강남출판문화센터 5층 (06027)
대표전화   515-2000   팩시밀리 515-2007

www.minumsa.com

ISBN 978-89-374-7523-8 (04800)
      978-89-374-7500-9 (세트)

세계시인선